记忆的角落

Pearl S. Buck

心归故里

赛珍珠短篇作品选

Hearts Come Home

〔美〕赛珍珠 著
范童心 译

人民文学出版社
PEOPLE'S LITERATURE PUBLISHING HOUSE

Pearl S. Buck
Hearts Come Home

图书在版编目(CIP)数据

心归故里:赛珍珠短篇作品选/(美)赛珍珠著;范童心译.—北京:人民文学出版社,2024
(记忆的角落)
ISBN 978-7-02-018500-9

Ⅰ.①心… Ⅱ.①赛… ②范… Ⅲ.①短篇小说-小说集-美国-现代 Ⅳ.①I712.45

中国国家版本馆CIP数据核字(2024)第003824号

责任编辑 **朱卫净 周 展**
装帧设计 **李苗苗**

出版发行 **人民文学出版社**
社　　址 **北京市朝内大街166号**
邮政编码 **100705**

印　　制 **山东新华印务有限公司**
经　　销 **全国新华书店等**

字　　数 **87千字**
开　　本 **787毫米×1092毫米 1/32**
印　　张 **6.375**
版　　次 **2024年1月北京第1版**
印　　次 **2024年1月第1次印刷**

书　　号 **978-7-02-018500-9**
定　　价 **45.00元**

记忆的角落，也会有光

目录

返乡

“你、你、你听见没有……”玛蒂尔达从牙缝中迸出了这几个字。她把卧室的门打开了一两寸，瞪着小公寓客厅里的几个人。自打三年前她和阿成从法国搬到这座中国沿海城市以后，他们就一直住在这儿。

他就坐在那儿——阿成，她的丈夫。他黑色的头发闪闪发亮，被吊在餐桌上方没有灯罩的电灯泡发射出的强光照射着。他身形瘦长，穿着合体的深蓝色西装，白净的双手迅速拨弄着竹制的麻将牌。他身边坐着的是他的弟弟，正在国立大学里读书，因此必须跟他们住在一块儿。那是个笨手笨脚的年轻人，玛蒂尔达总是看他不顺眼，特别是现在，他没精打采地团缩在椅子上，身上穿的丝绸睡衣皱皱巴巴的——不管是什么衣服，穿在他身上，看上去都皱皱巴巴的。他总是这样，黑头发也是油腻腻的，很不清爽地耷拉在眼睛上。另外两个人是住在楼上公寓的，他们似乎从来不去工作，也不知道是干什么的。他们这四个男人，总是聚在这里打牌。她已经躺在床上等了丈夫很长时间，在巨大的铜床上翻来覆去，阿成在床的四周挂上了中式的厚幔子。躺在那里，她一直没睡着，听着外面打牌的声音，越来越生气……竹牌又被噼里啪啦地搅动起来，那些人应该是又要重开一局了。

就在刚才，噪声停止了，她在沉寂中紧张地聆听着。这回他该来了吧！她不会在外人面前说一个字。不会的，她得讲道理，镇定下来，平静得像他那样，等着他走进来，坐在她身边再说。天哪！她不过是想在夜里跟自己的丈夫单独说说话，有这么难吗？她自己的妈妈，不也是这样半夜跟爸爸叨唠的吗？她爸爸可是里昂城甚至整个法国最好的男人，他从来不玩牌，唯一的嗜好就是跟朋友们喝点红酒。

不行，她必须说，和气但坚决地说，讲道理，像贵妇们不失仪态地斥责犯了小错的丈夫们那样。她会再说一遍之前说过的话，但这次不发脾气：

“阿成，我已经受不了了。再说，你看是不是这个道理：你一整夜都在打牌，早上哪儿有精神去上班呢？那怎么行啊？你会丢掉饭碗的，到时候我们吃什么？”

他一定会一如既往十分镇定地回答：“但早上办公室里根本没有人啊，我为什么要第一个到呢？另外，我的上司是我父亲的朋友，他不可能不顾父亲的情面辞退我的。还有，你怎么就不明白呢，我的玛蒂尔达，打牌又不是犯罪，我不能拒绝朋友们，特别是他们专门到咱们家里来陪我消遣的时候。人是不能拒绝朋友的，特别是在一个文明的国家，玛蒂尔达。而且，我打牌很少打输啊，大部分都在赢钱。”

他会用留学学来的法语认真讲出这些话，说话时不去看她，而是看着自己的双手。他的手很好看，是浅浅的琥珀色。他的法语也说得很好。他们刚认识并相爱时，他是里昂大学的留学生，到她爸爸开的甜品店买小蛋糕，打算配红酒吃。他法语说得太好了，因此她从来没考虑过去学中文，而且她其实很讨厌中文。每次她听到有人用中文聊天时，都会把双手抱在胸前做出一副鄙夷的样子说（有时候甚至音量很大，比如碰到她发脾气的时候，反正她谁也不怕，特别是中国人，没错，就是这样）：

“这是什么奇怪的语言啊，连魔鬼也不会这样说话吧！”

这时候，她躺在床上倾听着，金色的头发散落在枕头上，灰色的眼睛盯着红花布的窗帘，粗短的手指紧紧捏着身上丝绸睡袍的衣襟。外面响起了一阵哄笑，然后她听到了丈夫低沉平缓的声音，笑声跟着又响了起来。他说了什么？这是她唯一希望自己能听懂中文的时候，这样才能明白他讲的那些总能引来阵阵笑声的话语。之后她也会问他到底是什么意思，他只会淡漠又平静地回答（他跟她说话时，语气总是如此）：

“你不会明白的，我的玛蒂尔达。得是懂得我们中国文化的人，才能明白这些。”

“可我又不傻啊，阿成！”她会冲他大叫，“如果你给我解释，我会明白的。你从来不肯费工夫给我解释任何事。”

他又笑了，对着她，他总是微笑。如果心情好，他会抓起她的手，把她拉过来柔声哄她：“可爱的小洋人，可爱的小白姑娘……”

他们又开始了吗？他又说了什么，又是哄笑声，又是竹牌碰撞的声音。她从床上坐了起来，用丝绸睡袍紧紧裹住小巧丰腴的身体，她的短发也蓬乱着。她把自己苍白的脸挤进那条门缝，冲那几个人嘘了一声。

但牌局并没有停下来。她的丈夫抬眼看看，笑了笑，微微耸了耸棱角分明的肩膀。面色蜡黄的小叔子把头压得更低，好像是在研究手中的牌。另外两个人没有抬头看，也没有做任何动作，但她尖锐的目光捕捉到，他们脸上的表情有了变化。反正她一点都不在乎这些人对她的看法，也不在乎他们同情自己的丈夫。好像她会怕他们似的！没错，她一点都不怕，即使她是整个房子、整条街道，甚至整个街区里唯一的白人。这些中国人，这些平庸之辈，即使她真的害怕，也不会表现出来，不会表现出自己的恐惧和迷失。不会的，她有自己的脾气，又伶牙俐齿，不怕他们不明白自己的意思，即使那该死的语言她一个字也不会说！她也不在乎自己的声音有多大，会不会被人听见，即使阿成很不喜欢她大声喊。每次她一喊，他都会被吓得缩起身子，说："只有野蛮的女人才大声喊叫。"但她必须让人们敬畏她，而这是唯一能给她自己安全感的方式。

"哎！"她大声嚷嚷着，猛地冲进了客厅里。此刻面对他们，她尖叫着，披头散发，颤抖的双手扯住身上的丝袍，遮住前胸。她气势汹汹的里昂口音像豆子一样蹦了出来："啊哈！你们这些中国人，以为我怕你们吗？这是我家，做什么需要问你们吗？没错！我说了，这是我的房子，我的房子！你们都给我出去！你们这些可恶的中国人，出去，出去！就因为你们想在我家的餐桌上赌钱，我就得一晚一晚睡不了觉？爱赌就赌，但别来我家！我不答应！我今天把话放在这，以后别来，永远都别来！"

她朝几个人冲过去，伸出了浑圆的手臂，把桌上的所有东西都扫了下去。竹制麻将牌全都噼里啪啦地落在了地板上，几个男人坐着一动不动，她丈夫难为情地低声呵斥道："玛蒂尔达！"

她根本不听他的。长袍此刻是敞开的，露出了里面单薄的睡裙，但她一点都不在乎。她用赤脚踢着地板上的麻将牌。

"玛蒂尔达，注意点！"她丈夫说，但他没往起站，也没看她。他坐在桌边盯着自己的手，桌面上双手的手指紧紧交缠在一起。年轻的小叔子不停地用手从额头往后拨弄头发，舔着泛白的厚嘴唇。沉默充斥了整个房间，她忍受不了这种沉默了。她打了个大大的响指，叫道：

“哈！你觉得我怕了吗？我可是个法国人，会怕你们？”

她双手端起桌上的白瓷茶壶，重重地摔在了地上。随后，她喘着粗气，站在那儿一个接一个瞪着眼前的黄皮肤男人们。最后她的目光落在了丈夫身上，但他没有看她，依旧坐在那儿盯着自己的双手，双手依然紧握着，摆在他面前的桌面上。他面色沉重，两片薄嘴唇紧紧抿在一起。

这时候，两个客人终于站了起来，冲男主人低语了几句什么，对女主人则完全视而不见，仿佛她只是个闹脾气的小孩子。他们小心地跨过地板上流淌的茶水，不让自己的黑丝绒鞋面和深色长袍的边缘沾湿。他们走到门口，男主人也站起身跟随着他们，冲他们有些尴尬地笑了笑，紧绷着面孔，目光祈求着他们的谅解，仿佛在说：

“这个愚蠢的洋女人……”

就连玛蒂尔达也在盯着他看，感觉到如果他开口，说出来的应该是这样的话。如果她不在场，他一定已经说出来了。她心中的怒火开始熊熊燃烧。

但是忽然间，她忘记了他，因为他打开门的一瞬间，她看到了门外隔壁公寓的女人，那是个上海女人。门一打开，她似乎总是站在外面，但她从不进来，除非阿成在家。是的，那两个人开始说话，阿成和隔壁女人，玛蒂尔达一个字也听不懂，他当然也永远不会告诉她，他们都说了什么。如果她问——她总是会问的——他就这样回答：

“没什么。没说什么，没什么值得重复一次的。”

那女人此刻就站在外面，光滑的黑头发在走廊中的灯光下闪耀着，瓜子脸上画着精致的妆容，看上去就像……没错，她绝对是个风骚女人！现在她身上裹着长长的黑色天鹅绒斗篷，身边站着一个皮肤白皙留着长发的年轻男人，两个人都盯着屋内地板上破碎的茶壶和一地的麻将牌看，撇嘴笑着。女人低声问了一句什么，描画精致的眉毛挑高了起来。

玛蒂尔达盯着她的丈夫。他轻轻耸了耸肩膀，抬了抬眉毛，才开始回答，嘴唇挤出了一个苦涩的微笑。但玛蒂尔达忍受不了。这一刻，她忍受不了这两个人用一种她从未学过的语言窃窃私语。她冲向前去，把门重重地摔上，隔开了两人。她转头面对着自己的丈夫。

她不怕他——她这样告诉自己。她站在那儿，微微喘着气，看着他。她不怕他，但她总会认真观察自己像今晚这样发脾气时，他会作何反应。此刻她觉得，他必定会惩罚自己了。

但他又一次无视了她。他转过身，避开她的目光，迅速而不失风度地弯下腰去开始捡地上的碎瓷片，看上去就像并没有真的触碰到它们似的。随后，他推开了一扇窗户，把碎片都扔进了外面的夜色中。她能听到窗外隐约传来的撞击声，它们一定是落到了盖房时留下的碎砖头堆上，他们一直都没来得及清理。

他又转向自己的弟弟，对方也站了起来，迟疑地立在桌旁。“给我拿块布。”他平静地说。

小伙子带回来一块灰色的抹布，阿成接了过来，在沉默中弯下腰擦拭着洒出的茶水。

“我来吧，哥哥。”年轻的小叔子忽然说，语气中充满了同情，声音低得几乎听不见。

玛蒂尔达愠怒地盯着他们，仍然背靠着门。爱做就做吧，让他们收拾干净，也辛苦辛苦。但她还没想清楚，就从小叔子的手中夺走了那块布。不行，她不能让阿成被自己的弟弟怜悯！

“上床去吧。”她严厉地说。丈夫低声对弟弟说了句什么，她没听懂。反正，她根本不在乎自己能不能听懂。她猛烈地擦拭着地面，擦干净以后，她开始捡地上的竹牌，用发抖的双手把它们收进光滑的木盒里。屋里很安静，她猛地抬头一看，发现自己是孤身一人。小叔子已经走了，透过敞开的卧室门，她能看到丈夫在铺床，准备睡觉。他已经脱下了外衣和围脖，能看到他消瘦挺拔的后背，光滑的脖颈，金黄色皮肤上乌黑发亮的毛发。她心中微微一颤，眼泪涌进了眼眶，一半是因为即将熄灭的怒火，一半是难为情。她为什么要难为情呢？她没什么好难为情的，她已经忍受了任何其他女人都不可能忍受的，她不能再忍了。她必须让他们害怕她，她没有朋友，一个都没有。泪水开始顺着她的脸颊落下，但她赶快用睡袍的袖口抹去了。她关上木盒，把它放在了狭窄的壁炉台上。

当她打开床上的布幔时，他已经睡着了。她永远看不出来他是真睡还是装睡。有时候他还醒着，看上去却像睡着了，身体看上去很放松，呼吸平稳。此刻她眼中的他就是这个样子，枕着硬硬的中式方枕，旁边是她的软枕头。他一下一下均匀地呼吸着，嘴唇微微张开。灯光照在他光滑的椭圆脸上，看上去平静安详。他的样子显得很年轻，即使比她大五岁，看起来却更小。因为她的身材和脸庞都更宽胖，她自己清楚。俯视着他平静的面孔，她告诉自己，她已不再爱他了。

此刻，他脸上的平静令她火冒三丈，她忍受不了他永远一副事不关己的样子，她从来没能激怒过他，从来没有。没见他哭过，也没见过他发脾气，即便是他心情不好的时候，或者刚爱上她还很有激情的时候，他身上的平静都从未被打破过。她用力地摇晃着他的肩膀，他仿佛刚从睡梦中醒来，看着她笑了笑，就又把眼睛闭上了。

“你别想睡觉!”她狠狠地说，又晃了晃他，“你这么长时间都不让我睡觉，那你也别想睡！直到我们说清楚。你听到了没有，阿成？今天都给我说清楚!”

他坐了起来，一下子变得特别清醒。她立刻看了出来，之前他完全没有睡着，刚才都是装的。她心里更难受了。他总是这样突然一下子变得很清醒。

“你觉得我们能说清楚吗?”他沉重地说，眯缝着眼睛，黑眼珠在眼皮底下闪着光。

“你什么意思?”她快速地问道。

“我是说，”他缓慢地回答，“我是说，男人和女人之间本来就很难说得清楚，只有肌肤之亲的时候才会靠近，但那才是多短的时间啊!”

他瞥了她一眼，忽然叹了口气，用手揉了揉自己的脸。他的手总让她自惭形秽，因为他的手指更纤细，更柔美。她努力运转自己的法式头脑，尝试理解他说的话。他为什么这样看她，为什么叹气？每次他这样慢条斯理地说话，她都一头雾水，不知道到底是什么意思。要是他能发发脾气也好啊，像一般的男人们对自己的媳妇那样。要是他能任由自己的脾气和怒火发泄出来，甚至打她几下，或许她就能明白了。在她的故乡里昂，住在同一道街上的男人有时候会打老婆，她父亲也这样恐吓过母亲，但没真动过手。如果她嫁给了在父亲的甜品店打工的高个子皮埃尔，应该也会被他打吧，比如不小心打碎了盘子或是发脾气的时候。是的，若是她敢在他的朋友面前给他难堪，他肯定会伸出粗壮的手臂把她紧紧抓住，一巴掌打在她身上。这才是嫁给一个男人应有的感觉吧。

但眼前这个男人，从来不会像男人一样发脾气。他只会轻柔地说话，面带微笑，或者叹一口气转过身去。她无法理解他的话，虽然他说的每个词她都懂。如果她最终发怒了，他也会像对待一个病人那般容忍她，仿佛这病她自己不由自主，他也无能为力。

“你这个伪君子！”她大声叫道，“你们中国人都是伪君子！你们觉得女人不过是在你们需要时用来……你从来不为我考虑，从来没有，总是翻脸不认人!”

他苦涩地微笑着，不去看她，只是抬了抬眉毛。

“原来，你还是挺懂我的啊。”他低声说。

她又停住了，无比困惑。他现在又是什么意思？哎，她到底怎么做，才能刺痛他呢？

她坐在了床上，往后捋了捋蓬乱的头发。

“你骗了我，”她郁闷地说，盯着他的眼睛，“在里昂，你跟我说了很多谎话。我问你，你的中国是什么样的，你说，就跟法国差不多，但更美更好。没错，那天晚上我从爸爸的房子里偷偷跑出来跟你见面，我们一起坐在公园里的一棵树下，你是这么跟我说的。那时候我才十八岁，就这么相信你了！我们坐在那么漂亮的公园里，看着街道上的树木和悠闲的行人。你说：‘我的国家就跟法国差不多，但是更漂亮，人们也更善良。那里什么都有，有高大的宝塔和最雄伟的建筑。你什么都不会缺，也永远不用工作，仆人们会好好伺候你。我能给你的，皮埃尔永远都给不了，他一辈子都得在你父亲那家小铺子里面工作。在我家，你会是一个高贵的太太，想怎么生活都可以，想要什么都可以。’没错，阿成，你是这么跟我说的。你说你会给我一切，可是……”她伸出手，用力搂住自己的肩膀，“阿成，我问问你，你说的‘一切’，都在哪儿呢？这里什么都没有，什么都没有！这些街道这么脏，到处都是乞丐，整天都有人嘲笑我，叫我洋鬼子，还有人冲我吐过口水！我连一顶帽子、一件长裙，或者一双鞋都买不到，这里的商店根本称不上商店。也没有剧场，那鬼哭狼嚎的地方戏，根本算不上戏剧，剧院也不知是什么鬼地方！就有那么一座摇摇欲坠的破塔，有什么好看的？再看看我的家……我都不好意思给妈妈写信，告诉她我们的房子就是这样四个小格子，厨房就是一个臭烘烘冒着烟的洞！你说我会有仆人，很多仆人，都在哪儿呢？我问你，你觉得这个又老又蠢又不肯跟我学做事的乡下女人——连炖菜也不会做，只会看你的脸色，根本不听我的——算得上是仆人吗？我知道，你又想说，她听不懂我说话，但是只要她想听，就什么都能听懂。你骗了我，你骗了我！”

她放声大哭起来：“你也从来没告诉过我，要跟你这个脏兮兮的弟弟住在一起。也没说过你挣的薪水有一大半要交给你的父亲和叔父，我最讨厌你那个老叔父！如果他再像之前那样过来，要住进我的家，吸他愚蠢的鸦片烟枪，我就亲手把他从窗户扔出去！我绝对做得出来！你们这些人，我一个也不怕！我看不起你们，我可是个法国女人！”

“你就是错在这儿了，”她的丈夫突然说道，这一刻他在床上坐直了身子，认真地看着她，“就是因为，你永远都在讲你自己，玛蒂尔达，讲你是个法国人，讲你过得不顺心。事实上，你现在是中国人了。你是中国人，因为你嫁给了一个中国男人，只有你忘记自己曾经是法国人，才能快乐起来。”

“不！不！不！……”她尖叫道，摇着头。

“你必须如此，”他的语气中带着一种崭新的郑重其事，“说到骗你，还记得吧，你从来不愿意去我的家乡看看。那里真的很美。我父亲曾经是一个富有的地方官，但现在我家破落了，但这年头，谁家不是呢？我给他寄钱是应该的，帮助我弟弟也是应该的。我们的故乡在湖南省的群山中，我家的宅子有上百间房，比里昂的任何建筑物都要古老，都要漂亮。你觉得，你父亲那栋可怜的小房子，比得上我们的老宅吗？更别说那个你念念不忘的皮埃尔了，你要是嫁给他，得住在什么样的破地方？”

他说到动情处，向前探了探身子。她则开始向后躲，摇着头。他现在说话的样子比她见过的任何时候都要投入。

“啊，我就知道，你还没忘记他！但你别以为我不明白，我是屈就才娶了你，我心里清楚得很，当时我就是被你的白皮肤迷了心窍。你只是一个小商贩的女儿，我可是官员的儿子。你父亲读读报纸就很开心了，我父亲可是大学者，会写诗。要是你愿意，可以去我故乡看看，我家的宅子有多气派。但你就是不肯去，你就想待在这个沿海城市里，住这间丑陋的洋房！你就想照自己习惯的方式生活，甚至想把我变成一个法国人——让我穿西装、说法语。但你应该知道，你嫁的人是个中国男人，无比自豪的中国男人！”

她不得不听着这些话，无比惊惧，因为她从来没见过他这个样子。她确实冲破了他身上她最讨厌的平静，但现在她彻底灰心失望了。她不情愿地听着，挣扎着在他滔滔不绝的演说中寻找一个立足点。一听到他提起故乡，她就想起了自己由来已久的怨恨，暂时忘记了其他一切。

“不行，”她飞快地说，“我不会去你的老家的，绝不！我不知道你是不是又在骗我。我觉得你说的那些房子根本不存在，就算真的有一百间房，那也是我的牢狱。没有人会说我的语言，我和大海之间会隔着上千里远。我才不要，我才不要！我必须住在海边，这样才能感觉得到，法国就在海的另一边。”

“你不相信我。”他说着，又躺在了枕头上。他把被子拉到了下巴，躺在那儿盯着床上的帘子看。他的脸又变成了一张面具。

她则更为激动地嚷嚷着：“你身上流的血跟我不一样，我怎么能相信，你会一直对我好呢！我根本就不了解你啊！”

“你不相信我。”他重复道，把脸转了过去冲着墙，闭上了眼睛，一个字也不再说了。

她又哭了起来，过了一会儿，她在他身边躺了下来，筋疲力尽。但她没有碰他。很快，她感觉自己离开了那里，一片汪洋在他们之间飘荡着，她的心随着海浪飘去了法国。

“不可能，”她无声地在夜色中低语着，“不可能！我是法国人，我是法国人！”

……其实，就算在法律上，她也还是法国人的。她很清楚。她永远忘不了，刚知道这件事的那天晚上，她是如何把它牢牢记在心里的。那是她丈夫的上司举办的一场晚宴，邀请了他的女秘书们和职员们的太太参加，那里面有另外一个白皮肤女人，也是个法国人。但她年纪大得多，见过更多世面，是人们口中的“世界公民”，来自巴黎。看到玛蒂尔达身穿孩子气的粉色裙子，她笑了出来。

“跟个小女孩一样！”她那么说。玛蒂尔达不知该如何回复她。

那个巴黎女人当天晚上抽了很多香烟，一边嘲笑中国男人，一边跟他们喝酒跳舞，把所有呆立在墙边出不了声的中国太太都气得够呛，她们只能盯着她穿着暴露的身体在她们的丈夫怀中扭动旋转。但后来，巴黎女人主动走到了同样沉默的玛蒂尔达身边坐了下来——有些中国太太还能用英语交流，而玛蒂尔达连英语也不懂——巴黎女人笑了笑，说：

“那么，你就是苏成的那个小洋太太？你几岁了啊，有没有二十？还是个孩子呢！”

后来，她一边一根接一根地抽着烟，一边懒洋洋地说：“我也是，我嫁给了局里的秘书长，是我第三段婚姻啦，孩子。我都要无聊死了！我是说，我觉得嫁给一个中国人，或许能有些意思，所以我就嫁了，也确实挺有意思的，越来越有意思。你不觉得吗，孩子？”她又站起身，走向一个衣着体面的中国年轻男人，挽住了他的手，给了他一个拥抱，又转身对玛蒂尔达说：“但是别忘了，孩子。如果觉得没意思了——无论什么事，最后都会越来越没意思的——我们可以到领事馆去。要是我们觉得自己的中国丈夫已经没意思了，法国领事馆可以送我们返乡。”

她舞动着离开了，冲玛蒂尔达微笑着，似乎完全看不见那些狠狠瞪着她的中国女人。其中有一个年轻漂亮、身穿浅绿色旗袍的太太，样子就像水中的睡莲——她叹了口气，忧心忡忡地盯着巴黎女人，接着转过身，把涂了精致指甲油的手搭在了玛蒂尔达胳膊上，央求般地问了一句话。但玛蒂尔达抽开了手臂，摇了摇头，她听不懂。

但那个词，她一直没有忘记，即使后来再也没有见过那个巴黎女人——返乡。

"所以，我不能离开海边。"她在心中这样想，躺在床上，不由得有些颤抖，"那样就彻底切断了自己跟祖国的关系，还有爸爸、妈妈、所有人……要是我真去了内陆，怎么才能再回到海边来，到领事馆去？那可是上千里路啊！"

又过了一会儿，独自躺在黑暗中，那片汪洋仍然在她与那另一个平静冷漠的躯体之间翻滚着，她忽然在心中向自己坦白——之前她从未承认过——"事实是，我确实很害怕。我怕这些黄皮肤的人，我在任何地方都没有朋友。我很想回家，我甚至连他都怕……"

她谨慎地计划着，什么时候才能告诉他。她决定不逃跑，即使之前这样考虑过。一开始，她觉得只要去找领事，告诉他自己想要返乡就好了，这就意味着她确定要回法国了，然后找一天偷偷走掉。

阿成会有一天回到家时，发现自己已经不在了，这样一切就都结束了。

之后，他可以想做什么就做什么。老叔父或许会住进来，由着性子抽大烟、咳嗽、把家里弄得无比脏乱。阿成也可以想赌钱就赌钱，反正他这么在乎朋友，舍不得拒绝他们。或许，他会带着弟弟回故乡去，但阿成真的会回去吗？隔壁公寓那个女人，会让他走吗？那是个水性杨花的女人，也毫不掩饰自己在丈夫以外还有好几个情人。上海的阔太太们都是这样，想方设法让富有的老男人为她们着迷，然后让他们跟自己年老色衰的发妻离异，迎娶她们。那女人盯着阿成的样子，明显就是想把他也变成自己的情人。即使她，玛蒂尔达，从来没有过情人，但她一眼就能看出来，任何一个女人都能看出来。要是这种事情发生，她能离开吗？

是的，她能离开，她要离开，无论如何！只要她能安全地回到里昂舒适温馨的家里，谁管这里会发生什么呢！爸爸妈妈和小弟弟见到她，得有多开心呀！她可是家里唯一的女儿。还有老实的皮埃尔。或许，以后她会嫁给皮埃尔，过安逸快乐的日子，每天在干净整洁的街道上散步，逛漂亮的小店铺，跟各处的朋友们问好。她会这样跟每个人打招呼：“的确没法儿待，雪莉，你说得没错！那里一个法国女人都没有……”她才不在乎这个鬼地方以后会发生什么呢！

隔着餐桌，她看了看阿成。那个老女佣趿拉着鞋走了进来，放下早餐就又出去了。玛蒂尔达注视着丈夫，忽然决定，自己就要在这一刻告诉他。这样她才能看到他最直接的反应。

“我要回自己的国家去，”她大声说，“这里我住不下去了，我想回家。”

阿成停止了他那优雅而漫不经心的进食动作，看了她一眼，又避开她的目光低下头去继续吃。她等待着。

“你不是第一次提这个了。”他最后终于说，一副事不关己的样子。她继续盯着他。没错，她之前也说过这样的话，在发脾气的时候。但她之前说的是气话，今天是认真的。今天她并没有发脾气，她飞快地继续大声说：

“这次我是真的要走，下周就走。”

他没有抬头，只是用筷子轻轻扒拉着碗里的菜，找他最喜欢的咸鱼干。“我现在可没钱给你，”他不耐烦地说，“这趟旅途可不便宜。之后，我是希望能给你些钱，让你回家看看父母的，可能我都会跟你一块儿去。但是现在，你得知道我们的日子不宽裕，我没钱。”

他站起身，端起一杯水漱了漱口，中国人总是习惯这样，她很厌烦。她厌烦他做的一切事——她心里这样想，盯着他看。他又坐下来，从墙角的书架上拿了一本小小的软皮书，开始读上面的中文，此刻脸上才显示出一点兴致。但她知道，引起他兴致的并不是她。她沉重地看着他，忽然想起自己的父亲刚发现女儿爱上了一个东方人时说过的话。之前她不懂，但此刻，忽然之间，她全懂了。

“血统不同啊，”当时父亲低声说，不愿意看她，“血统是改变不了的……”

她都记得，也记得皮埃尔，他嗓音总是很低沉，但那天他的声音尖锐得有些奇怪：“他会吻你的啊，玛蒂尔达，你怎么能受得了呢？”

不过，阿成并没有吻她。他们的习俗不会这

样。因此，皮埃尔成了世上唯一一个曾经亲吻过她的男人。她十六岁的时候，他们曾经在新年派对上接过吻。当时他把她拉到了门后面，突然用力地吻她。但她很快就忘记了这件事，因为阿成出现了，当时他那么美好。

是的，她也曾经爱过阿成的身体，他的皮肤很光滑，是金黄色的。在里昂，他总是把自己打扮得很体面，衣着整洁，身上喷着香水，头发也抹得锃亮。那个时候，他跟身材胖乎乎、面庞红彤彤的皮埃尔简直是天壤之别，看上去就和一般的欧洲绅士没什么区别。

不过，他一回到他的祖国，就迅速地变成了另一个人。他开始像所有的中国人那样吃饭，身上有了跟周围人一样的怪异气味。要不是她逼着他穿西装，他巴不得整天穿旧式的长袍，那样他就会彻底变成一个陌生人了。

但是现在，即使仍然穿着西式服装，她一看到他也无比厌烦。这一刻汇入了她厌恶他的众多时刻之中，她自己也不明白到底为什么会有如此多的厌恶。

“这次我不需要拿你的钱，”她说道，“我会跟法国领事馆申请返乡。”

听到这句话，他把书放下了，却好几分钟都没有说话。他坐在那儿望着窗外另一座楼上有些潮湿的白墙。

“我们一个孩子都没有，”他最后终于说，声音细得有些怪，“你连一个孩子都没给我生。”

这是他有史以来第一次抱怨她。一开始，他确实经常说，想要孩子，但最近已经很少说了。但是对她抱怨，这是第一次。她内心隐隐感觉到，或许这一刻对他来说，也是众多厌恶隐忍她的时刻之一。

一个问题脱口而出：“那你不介意我走吗？”很奇怪，但她并不生气。她甚至有些期望，他不那么轻易地放她走。

“我没有满足你的要求。”他说。他坐在那儿，盯着自己交叠在膝盖上的双手，随后开始慢慢转动两个拇指：“我知道自己没有满足你的要求，西方女人们的要求很多，很难满足，总是想住她们喜欢的房子，穿她们喜欢的衣服，吃她们喜欢的食物，还得让男人们像交际花一样捧着，即使连孩子都生不出来。我是做不到这些。告诉你吧，我不愿意抱怨的，但一个中国男人娶了外国媳妇以后，是很难晋升的。我的朋友们都不信任我，他们说，不知道我的心到底在哪儿，在局里我也升不了职。”

因此，两个人之间堆积的恨意又多了一项。她苦涩地说：“那你一定巴不得我走了。我离开以后，你可以马上娶一个中国女人。”

“不会，不会，”他脱口而出，但过了一会儿，又低声补充道，“至少不是马上。”

他看上去还有话要说，却没有再开口，只是继续盯着自己的手指。两个人之间的海洋翻滚着。

很快一切就绪，她打包好了箱子，还放进去了几件丝绸刺绣，一件中式外衣，一个卷轴和一把扇子，准备带回去给家人们看。她原本以为自己再也不想看到任何跟中国有关的东西了，但最终还是把这些物件装进了行李箱。

他们走上轮船的舷梯，在顶端她回过头来，最后一刻还是犹豫着把手伸给了阿成，但他没有回应，他已经很多天没有触碰过她了。他朝她鞠了一躬，笑了笑，就又向下走回码头站在那里。他们之间已经没有什么话可以说了。每次玛蒂尔达把目光落到他身上，只能看到那一成不变的淡淡的微笑。

但玛蒂尔达笑不出来。对已经发生的事情，她还有些晕乎乎的，速度太快了，但一切木已成舟。她注视着拥挤的甲板，上面有喊着号子大汗淋漓的苦力，也有叫卖的小贩们。她向远处望去，是上海滩大片昏暗的屋顶。她记得那些逼仄的巷子，里面许多盯着她看的眼睛，脸上不是漠然就是鄙夷。她又迅速看了看阿成，他没有看她。此刻他的脸跟周围的许多面孔，完全没有什么不同啊！他渐渐隐匿进了人群中。

“我再也不要看到他了，再也不要，永远不要！”她对自己说，“我受够了，受够了他们所有人。我要回家了。”

领事也是这样对她说的。他嘬了嘬厚嘴唇，捻了捻漂了色的八字胡，说道：“哈，又来一个！”他大声说，“女士，我得跟您说清楚，回去了可就不能再回来了，法国领事馆只给办理一次返乡。”

“是的，是的，先生，”她急切地回答，“我再也不想回来了。”

此刻船已开始起锚。人们叫着嚷着，苦力们跨越船与码头之间的缝隙跳回岸边。玛蒂尔达又向阿成望去，此刻他站在人群中一动不动，终于开始盯着她看，但是脸上没有表情。她从他身上移开了目光，她不想再看他了，她想让他成为人群中与其他人毫无二致的一部分。

“现在我总算不用再见到这些人了，”她一次又一次地对自己说，“这是最后一次，我要回家了。”

她转过身，走向了自己的座舱。

旅途最后，她日夜期待的那个夜晚终于要到来了。她躺在二等舱的床铺上睡觉；装饰艳俗的餐厅里虽然有很多二等舱乘客，但她独自在沉默中进餐；她还一个人在面积有限的甲板上散步——她一直孤身一人，心里热切地盼望着到达故乡里昂那座温馨的小房子的第一个夜晚，回避跟船上的任何人接触。她不想告诉别人她的故事，就这样永远忘却自己曾经嫁给过一个中国男人吧。

是的，就让这一切被遗忘吧！有时候，回忆汹涌而来，她就会强制自己抽离。阿成金黄色的皮肤，有些时候是多么漂亮啊。不行，她不能去想这些。她宁可去想想他那个笨拙的弟弟，整天用手指挖鼻子。啊，就想想他们都有多肮脏吧！就想想自己住过的那几间破房，半夜还不断响起的打牌声，黑洞一样的厨房……尤其是，想想她自己的孤独，想想那从来没学会的语言，还有街上不怀好意的人，总是阴郁地盯着她看，随时准备着嘲笑或诅咒她。是的，身处这群人中间，她永远觉得孤单而别扭，即便她也从未信任过任何人。不过，现在还是什么都不要想了，只向前看，想想那座小小的房子，里昂城里她整洁可爱的小家，爸爸妈妈和弟弟在等着她，永远和善而温柔。皮埃尔也在那里等着她。

啊，皮埃尔。一个绝好的法国男人，一个真正的男人！此刻她愿意为他付出所有，她会说："亲爱的皮埃尔，是我错了。但我们就当过去的这些年不存在吧，我们还年轻，对你来说，我也还是以前的我。让我们重新开始吧。你看，我已经忘记了没有你的这些年，现在我在这里了，我是你的玛蒂尔达。"她会告诉他这些。在航程中，望着涌向法国的灰色波浪，她每天都会在心中重复这些话上百次。“你看，皮埃尔，我是玛蒂尔达，你的玛蒂尔达回来了！”

她总算等到了，上岸的第一个夜晚。她坐在那儿，看着每一个人——爸爸、妈妈、在她离开三年间已经长高还变得有些羞涩的弟弟。她也悄悄瞅了一眼皮埃尔，店一关门他就立刻赶过来看她了。他现在坐在她对面的一张高背椅上，那椅子对他的身材来说有些太小了。他注视着她，双腿打开，厚厚的手掌搭在膝盖上。他长胖了，变化不小，看上去有些奇怪，但还是一如既往地不善言辞。

她也安静地坐着，有些拘谨，旁边的沙发上是他父亲。他用手臂搂住了她的肩膀，盯着她看，一边大声嚷嚷一边抽着烟斗，小小的灰眼珠一闪一闪，他笑着说：

“这个皮埃尔，他还没结婚呢，玛蒂尔达。没错，你走了以后，他完全对任何女孩提不起兴致，不是吗，皮埃尔？”

皮埃尔脸红了，但在他鼓起勇气开口说话之前，正在缝补袜子的妈妈忽然大声说（妈妈看上去没有以前那么开心了）：

“现在日子可不好过了，孩子他爸！年轻人可不那么轻易结婚了。而且，她的离婚还没办好呢，我们可是有身份的人！”

皮埃尔的脸更红了，瞥了一眼玛蒂尔达。她意识到了他的目光，看向另一边。她忽然有些眩晕，心中充满了沮丧。她之前魂牵梦萦的，真的就是眼前这个皮埃尔吗？他的身材那么胖，手臂和手指都那么粗糙，脸上还有好多疙瘩！她都不记得他脸上有这些痕迹了，什么时候留下的呢？在她的记忆中，他的眼睛又大又蓝，现在却小多了，颜色也没那么清澈了。连他身上的衣服都有些不干净，这可不是她在海浪颠簸中哭泣时想象的儿时爱人……

仿佛洞察了她的内心世界，皮埃尔有些艰难地小声说：“我直接就从店里面过来了，没来得拾掇一下。他们说玛蒂尔达回来了，我就来了……”

“这有什么呀，我的孩子！”他父亲愉快地大声说，又开始大笑起来，“谁在乎一个老实男人的外表呢！就像我，孩子他妈，就算现在日子不好过，没错，但留下我们的姑娘并不是难事。只要她愿意，就可以一直在这儿住下去！”他又笑了笑，随后忽然变得严肃了，把烟斗从嘴里抽出来，热情地说：“啊，我的女儿，你能离开那个遥远的国度回到家里来，真是太好了！之前我担心极了，每天都向上帝祈祷无数次，希望你能回家。不用跟我说为什么，我不想知道你都受了多少罪，好在你现在终于在这里了，之后再告诉我到底发生过什么事吧。很庆幸那个中国人不在这儿，不然我会杀了他的。他肯定对你特别不好！”

但她没有说话，她不知道该说什么。

是的，她终于回家了。她看了看皮埃尔，又环视了一圈整个房间。是的，她回来了。其实，这个房间也不算宽敞，比她讨厌的那儿间房大不了多少。又或许，是因为皮埃尔和他的父亲身形都五大三粗的，把房间衬托得小了？连她的小弟弟也已经长得很高。为什么，她的弟弟看上去就跟阿成的弟弟差不多，都是一副毛头小伙儿的样子？哎，她什么都不能告诉他们，永远不行！她又能说什么呢？阿成也一次都没打过她呀。要是他口中那一百间房子的老宅，是真的呢？或许，她应该相信他的。

她这是怎么了？她躺在阿成的身边时，两个人之间滚动着一片汪洋——此刻两人之间真的隔着一片汪洋了……而此刻的阿成，似乎对她来说才是最真实的，比坐在她身边的这些人都真实很多，这些她曾经日思夜想的人……忽然间，他仿佛出现在了她的身边；他们真正在一起时，却感觉两人隔得很远。她看到他又成了那个挺拔、优雅又英俊的样子，他之前站在皮埃尔身边的样子。眼前的皮埃尔，确实只是一个再普通不过的店伙计，她真的让他亲过自己吗？她父亲是怎么说的来着？“血统，是不会改变的！”

啊，她的幸福，到底在哪里呢？她曾经无比确信，自己的幸福就在这里，就在这个房间，跟这些人在一起。她曾经那么盼望回家，盼望返乡……现在她已经返乡了，那么，到底是哪里出了问题？她不知道。只是，一切都不是她所期望的样子。那她现在还能去哪里呢？还能返回什么地方？

她回不去了。她曾经斩钉截铁地对领事说过：“我再也不会回来了！”说得没错，她再也回不去了。没有人会理解她的反复无常，没有人会明白的。连阿成也不会明白。她自己都不明白的事，他怎么可能明白呢？就算她有钱——更何况她没有——也回不去了，回去意味着放弃自己所有的骄傲。她必须向那些黄皮肤的人们妥协。但如果是她主动想要回去，想去了解他们呢？她会被他们接受吗？如果她回去，一切都会照旧——依然是那几间令人生厌的房间，依然有小叔子，依然是那些人，她依然不敢离开海岸，依然不会相信阿成和他嘴里说的上百间房子的老宅……哦，她当然知道，一切都会和之前毫无差别，只会更糟，因为法国领事馆只给办理一次返乡。

忽然间，她意识到了一件事——阿成一定会再结婚的！他会娶谁呢？那个化浓妆的上海女人？不会的，他不可能娶那一个，不可能，因为那个女人不会给他生孩子。啊，这次阿成一定会娶一个能给他生孩子的女人，一定是这样。他当时说什么来着？——“我们一个孩子都没有，你一个孩子也没给我生。”这一次，他一定会听父亲和叔父的话。他们会这样说：“第一次你是自己选的，你选错了。这次就娶我们给你选的吧，赶快生几个男孩。”

玛蒂尔达直起身，离开了父亲的手臂，用双手遮住了自己的脸。

“啊，我可怜的小东西！”父亲大声叫道，“啊，你受了多少罪呀！”

她没有回答，只是一动不动地坐着，遮挡着自己的脸。让他们爱怎么想就怎么想吧。不知为何，她忽然无比嫉妒那个即将被阿成娶进门的中国女人。这是为什么呢？阿成当然会再娶，但不正是她自己主动离开的吗？那就让他娶吧，爱生几个男孩就生几个。他会不会嫌那个女人的肤色太深，没有她这么白皙？他会想起她吗？一定会的，一定会的！她一定会成为他们之间的阻碍，就像他曾经是她和皮埃尔之间的阻碍。唉，他一定会被宠坏的，就像她一样，她确信如此。他们两个人都回不去了，他们曾经结合，但现在已经分开，彻底分开了。不知道为什么，现在她心里好受了一点，即使仍然无比困惑，也并没有发生什么令人欣慰的事情。

她必须留在这里，这一点她心知肚明。明天，甚至是今天再晚一些的时候，爸爸妈妈会善意地让她跟皮埃尔独处一会儿，或许今晚她就必须跟他说出那些已经演练了很多次的话。好吧，那就说出来。她会把自己的手放在他粗糙发红的手掌上，坚定地说出那些心中已经重复过无数次的台词。她会说：

“亲爱的皮埃尔，之前是我错了。让我们忘记过去的这几年吧。皮埃尔，你的玛蒂尔达回来了。”

是的，她会这样说，如果需要，今晚就可以，最晚明天……

父亲忽然又把手搭在了她的肩膀上，另一只手则抓着烟斗，想开始说话。但她感受到了肩头重重的触摸，自己也不知为什么，就那么脱口而出地大声叫道：“别说了，爸爸！”

随后，她用尽全身的力气，挣脱了父亲毛茸茸的大手。

教学

“我真不想就这样把如兰送走，”年轻的斯坦利太太对她的丈夫说，“我觉得她还什么都没学会呢，根本不适合去结婚啊。”

她刚从花园里走出来，怀中抱着一大捧绽放的玫瑰花，在中国的五月里娇艳欲滴。维恩·斯坦利先生面带微笑望着她，因她的美丽心跳不已——他们已经结婚五年了，他依然为她着迷。他们每天都能见面——他多幸运啊，自己被教会委派的工作是管理学校，不必去各地奔波传教！如果他得像马丁博士那样去很远的地方布道，就几个星期都见不到莫莉了，那样他可受不了。有时候，他半夜醒来浑身发抖，生怕上帝派这样的工作给他，怕他和莫莉不得不因某种缘由分开——比如某一个孩子生了病，需要被他们俩中的一个漂洋过海带回美国，就像伯吉斯家的孩子那样，伯吉斯太太可是走了将近两年！又或者……他伸出手去碰了碰莫莉娇小圆润的身体，她就躺在他身边，睡得正香甜。他不会把她吵醒，但她最后总会醒过来，他也总会把自己的恐惧说给她听，之后就等着听到她欢快甜美的笑声。“哦，亲爱的维恩，别多想。无论如何，上帝还没有派你去外地传教，不是吗？如果我要回家去，你就跟我一起走。我们再找别的工作。你觉得我会让你一个人孤零零地待在这儿吗？”于是，他就不知不觉又睡着了。

此刻他从书桌前抬起头，出神地望着她。她微微一笑，露出两个浅浅的酒窝，伸手摸摸他的脸颊，故意噘了噘嘴：“你根本没听见我在说什么吧，你从来不好好听我说话呢。”

他抓住她的手，拉到自己嘴边亲了一下，那只手小小的，却挺有力量，上面还有玫瑰花刺的划痕。“那是因为我一直都在看着你啊，你说，我怎么会总是越来越爱你呢？”他把她拉到身边，把自己的脸靠在她胸前，他能感受得到她的心跳声——“咚、咚、咚……”他随着节奏低语道。她俯下身，用脸贴住他深色的头发。两个人都暂时忘记了那个叫如兰的女孩……

那是五年以前的美国，一个夏日的清晨，红砖教堂后面小小的庭院里，莫莉的父亲在那座教堂中布道了许多年，维恩是被派来在假期中顶替他一个月的。她和母亲让父亲一个人去了那趟他已期待了一辈子的巴勒斯坦之旅——一定是命中注定，只有那一次他们没有全家同行，而维恩马上就要作为传教士被派往中国了。

他们一见钟情。她看到他第一眼时，他正沿着台阶往圣坛上走，身形高挑挺拔，当时她感觉他们仿佛已经认识很久了，刹那间就爱上了他。而他望着台下的一大群教民，却只看见了她，从此眼中也只有她。仅仅几个星期以后，七月一个上午做完弥撒，她顺着一条教堂外的小道往家跑，他从后面追了上来，还穿着牧师的圣袍。他后来说，当时他只是想来问她，能不能晚上陪他一起去散步。但就在那条长满了紫丁香的小径上，她在老榆树浓密的树荫下站住回过头来注视着他时，他忍不住张开双臂抱住了她。没有人问问题，也没有人回答什么，他们就那样在一起了。之后每次见面时，他们也总是这样浓情蜜意。

……外面传来了一声响动，他们迅速分开了。

年纪大些的传教士总说："中国人可不习惯看男女之间太过亲昵。"刚来时伯吉斯太太曾经把她拉到一边说："别当着中国人拉你丈夫……拉斯坦利先生的手，亲爱的。他们会觉得这样很不得体的。"因此，她和维恩后来总是尽量等到没别人的时候才牵手。但有的时候，两个人的手自然而然地就牵到了一起，他的手臂也总是不经意搂住她的肩。此刻，他们有些难为情地往门口看去。

名叫如兰的女孩就站在那儿，等着跟斯坦利夫妇告别。她是个有些笨拙的平凡姑娘，就站在门边，身穿干净的蓝色棉布衣裤，手里拎着一个蓝白相间的包袱，里面满是她根本没能学会的书本。她的父亲来接她回家成亲了，她现在正准备出发。

"进来吧，如兰。"莫莉一边说一边笑了笑，心中充满了同情。女孩平静的圆脸上立刻出现了一种孩子般的喜悦，宽宽的脸颊上，黑眼珠一闪一闪。莫莉·斯坦利把手中的玫瑰花放下，走过去握住了女孩一只胖乎乎的手。

"你要走了，我很难过，"她用中文说道，"但你父亲不肯再让你多待了。坐下吧，孩子。让我们聊一会儿。”

女孩顺从地坐了下来，没有出声。笑容已经从她脸上消失了，她安静地坐在那儿，盯着眼前的两个人看，注视着他们的一举一动。

莫莉看了看她，心中有些泄气。在学校的教室里，她经常看到这种木讷的表情。

“维恩，我们该怎么办呢?”她转过身，用英语问丈夫，“她已经满十七岁，从我们到中国就在这儿了。我不觉得她在这儿学到了多少东西，即使每个科目都学过了——《圣经》、算数、卫生……她认得几百个字，但也仅此而已。她这样怎么可能嫁人啊?！人这么好、脑子却这么笨的一个女孩！她已经试了两次想受洗了，可就是记不住马丁博士的那几个问题，我怎么教都没用。有时候我都担心，她根本就没开窍呢！”

“是的，我知道，”维恩回答，“但她继续留在这里也无济于事。但凡她有一点天分，我都会试着说服她父亲，让她至少考完试再走。但我都没信心跟她父亲说她能考过，或许回家嫁人对她来说才是最好的出路。”

“维恩·斯坦利!”斯坦利太太对丈夫叫道，“你说得好像结婚生孩子是件多容易的事儿似的!你觉得她能当好几个孩子的妈吗?”

于是，两个人一齐担忧地看着如兰，她跟他们的目光一对上，就咧开嘴笑了起来，一个字也没听懂他们说的英语。他们也不明白她为什么笑。

“你认识要嫁的那个人吗，如兰?”莫莉轻声用中文问她。女孩摇了摇头：“听说是个地主家的儿子，”她简短地说，“我父亲也是地主。那个人是另外一个村里地主的孩子。”

她似乎并不在乎这件事，只继续盯着他们看。莫莉·斯坦利叹了口气，把玫瑰放在书桌上，走到女孩身边，坐进离她更近的一把椅子里，又抓住她的手，说：“千万别忘了你在这里学到的东西。记得要把家里弄干净；记得苍蝇和蚊子很危险，特别是对小孩子；记得别给太小的孩子吃黄瓜和青瓜；也要记得祈祷，记得上帝的慈悲，记得是他拯救了我们的灵魂……要试着记得，我们教过的所有东西，讲卫生，做个好人。”

“是，老师。”女孩回答。她饶有兴致地盯着莫莉的婚戒看，突然问道："这个戒指是男老师给您的吗？"

莫莉放开了自己握着的那只手，转向自己的丈夫："哦，天哪……"她说。

"别担心，亲爱的，"维恩立刻说，"我不忍心看你这个样子。你不能、一定不能把所有人的担子都挑在自己身上。我们已经为这个孩子做了能做的一切，现在她必须回家了。来吧，"他站起身，也把玫瑰都抓了起来，"这是你的花，亲爱的。先回房间吧，我送如兰走。她父亲在哪儿呢？在学校大厅里？那我现在过去。"

"不行，维恩。我不能就这么走了。告诉她……不，告诉她父亲，我们以后会去看她的。无论如何，如兰……"她转向女孩，也迅速转变了语气，"我们有一天会去看你的。我们会去看看，你是不是把学过的东西都记着，你得努力，别变得跟那些从来没进过教会学校的女孩一样。"

"是，老师。"女孩说。她正盯着维恩潜意识放在莫莉肩头的手，他赶忙把手拿开了。

带着她穿过学校操场的时候，维恩想道，如兰确实是个有些令人心烦的女孩。并不只是因为她笨，一般人也很难搞清楚她整天都在想些什么。有时候，他觉得她对一切都淡然冷漠，可刚才跟着他走出书房时，她脸上灿烂的笑容把他和莫莉都感动了。她还握住了莫莉的手，无比真诚地道谢：“谢谢二位老师，感谢您二位的教诲。”

他现在想起来了，自己之前发现过好几次，她在静静地盯着他们两个人看。比如，有一次吃晚饭的时候，他自然而然地牵住了莫莉的手——他们两个人总是在桌子的同一边吃饭——如兰带着另一个老师写的便条走了进来。现在他仔细回想才发现，如兰总是被教师们选作那个传递消息的人，他觉得应该是因为她看上去挺可靠，又或许，是她本人自告奋勇想做这个活计。之后她就站在那儿，安静地盯着他们俩看，样子当然一点都不机灵。他叹了口气，确实，教了这么多年这种永远教不会的学生是挺可悲的，要知道，还有那么多聪明又想读书的孩子，却没有上学的机会。她从他们夫妇刚到这儿的时候就已经在了，她父亲每年过来两次交学费，所以她一直留在这里。肯为女儿出钱读书的父亲并不多。

他走进大厅，如兰的父亲已经在那儿了，是一个面色黝黑的乡下汉子，身上穿着有些过于宽大的蓝布长衫，但布料是质地不错的自家纺布。他的举止看上去明显不是穷人，一看到洋人先生走进门，便站起身来。

“请坐吧，杨先生。别客气。”维恩说，自己也坐了下来。女孩站在一边等着。

“这个姑娘，”父亲冲着女儿点了点头，“我本来想留在您这儿继续念书，以后让她也当个教书先生的，也好报答您的师恩。可惜她早就跟我朋友家的小子订了婚，现在人家想要成亲了，我可不敢得罪他们。不然，我可以把她留下帮您打理学校的。”

“太谢谢您了。”维恩说。他有些难受地想，幸亏不用跟如兰的父亲实话实说，她这么笨，可当不了老师。他在心中跟上帝快速忏悔了一下——有时候为了不伤害别人，他不得不撒谎。杨先生看上去绝对以自己的女儿为荣，他转头又对维恩说：“您知道吗，她总共读了八年书啊！可不是每个男人都能讨到这样的媳妇。我是把她按照自己儿媳妇的标准培养的，她要是能一直待在我家里多好啊。我可是全心全意地对待亲家呢！”

“您真是深明大义啊。”维恩低声说。至少，他不用说谎了，不用说如兰要走他很难过。他礼貌地等待着，直到女孩的父亲站起身，飞快地拍了拍腿上的蛋糕渣：“好了。感谢您的茶和蛋糕，但天黑前我们还有好几十里山路要赶。如兰，跟你的老师道谢、道别吧。”

“谢谢您，老师，”女孩小声说，“感谢您教给我的一切。”

父女二人都向他鞠了一躬，维恩也向他们回了一鞠躬，站在门口目送他们往出走。他们走了几步又回头鞠了一躬。

他看着他们走出了学校的大门。“我觉得，”他有些难过地想，“无论从哪个角度衡量，教会学校花在那女孩身上的时间和精力都有些浪费，不管是莫莉还是我的努力都白费了。为什么要花力气去做这些事儿呢？她甚至都没入教呢……”

他走了回去，有些垂头丧气。工作的时候，其实很难看出所做的事情值不值得。他们只是每天勤勤恳恳地做好自己分内的事，教好该教的书，却突然像今天这般发觉，或许根本没有成果可言。他沮丧地叹了一口气——就这样吧，反正如兰已经走了。

长平村里所有的村民都兴高采烈。他们刚刚结束了三天的狂欢，地主老刘大摆三日流水席，庆祝自家大儿子迎娶隔壁村世交老杨家的女儿如兰。每个人都酒足饭饱。第一轮上桌的是老刘的乡绅朋友们，普通百姓得耐心礼貌地等待轮到自己。筵席摆了一次又一次，有红烧的大鱼大肉，也有各式蔬菜、面条和香甜的米饭，一切应有尽有。每个人最后都再也喝不下、吃不下了，剩下的食物被母亲们小心翼翼地包进了蓝白布手帕里带走。仆人们都得了赏赐，礼物也送了，鞭炮声震耳欲聋。人们都赶来看新娘子，对她品头论足——她看上去就是个平平无奇的姑娘，但人们并没因此低看刘家和杨家。

大家都很好奇，想看她的样子，因为每个人都知道，老杨把自己的大女儿送去西式学堂读了八年书，什么都有可能发生。或许，连她眼睛和头发的颜色都变了，说不定被外国女人教会了怎么漂白自己的皮肤——很多人都相信，洋人会法术。但她看上去和一般人根本没有什么不同，甚至更为平庸，身材壮硕，眼睛细小，脸也圆圆的，连脚都没有裹。周围的乡下妇人们开始交头接耳："你看她的脚，那么大！""对，洋人都不让学堂里的女学生缠脚呢！""没错！幸亏老杨从小就给她定了娃娃亲，许给了好朋友家的儿子。"年轻的小伙子们偷偷瞅一眼新娘，取笑过她的宽鼻头和大嘴后，就兴冲冲地回家了，感觉老刘家儿子新娶的媳妇也没比自己家的好。确实，每个人都很开心，因为老刘总算有这么一次没比大家运气都好了。还有一两个当爹的，家里的女儿一直想去洋学堂读书，这下也打算回去坚定地回绝她们了——就这么浪费了八年的学费，到头来这闺女也就跟从来没离开过村子似的。每个人都很开心，他们在第三天夜里的月色中走回了家，兴高采烈地嚼着舌根。

老刘的宅子里，大儿子卧室中是一张带顶的大床，床顶和柱子上挂着胖娃娃、石榴、鸳鸯等各种寓意新婚吉祥的物件，如兰正坐在床沿上，等着她的丈夫。她觉得每样东西都很新奇，经常忘记了应该垂下眼睑。这对她来说算不上难，该记得的东西她都记得，至少今晚她吃得还不错——她这样欣慰地想。婚礼最难熬的部分已经结束了，接下来进行的，就是她自己的事情了。

她知道，这个时刻，新娘理应感到羞涩、不安甚至害怕。因为从很小的时候起，跟其他女人住在父亲的后院时，她就总是蹲在那儿跟其他小姑娘一起听女人们聊天。她们听着女人们大声跟彼此嘟囔："跟你说吧，他就像只老虎！那两只眼睛……""告诉你吧，最可怕的是……""我告诉你，我才像是小鸡碰到了大灰狼呢……"

她们都十分享受在空闲时大聊自己之前从未谋面过的夫婿第一次出现时的情景。此刻，她盯着自己眼前旧式盖头上的珠帘，心里想，对婚姻感到害怕好像是一件很正常的事。这些女人眼中的男女之事也是令人不适的。但她在洋人的学校里待了八年，却发现了一些不同。最开始的几年，她并没有学到任何有用的东西。比如，她从来不觉得，阅读书籍有什么用——首先，书里的东西都没什么意思。如果讲的是神，就不可能读得懂，人怎么可能读得懂神呢？伯吉斯太太讲课的时候，她在礼貌地听，伯吉斯太太必须回美国去，她也很高兴。接着斯坦利太太来了，她年轻又漂亮，个子小小的，脸圆圆的，眼珠是深色的，人们都喜欢盯着她。斯坦利太太很认真地教她，有时候她都觉得自己应该再努力学习一些，再认真听讲一些，但她发现自己的尝试并没有什么用。

是的，她什么都没有学到。直到那一天，她发现斯坦利先生用手臂搂着斯坦利太太，一开始她无比震惊，觉得这两个人真是太野蛮粗俗了，但他们并没有因此受罚。很快，他们就有了两个可爱的儿子，都很健康，长着漂亮的深色眼睛。那说明他们的神对这家人很满意。后来她又偷偷观察过他们很多次，有时候会在夜色中穿过校园躲在挂着窗帘的窗外，盯着他们的房间往里看，看他们坐在一起，哄孩子们慢慢睡着……她觉得自己从这两个人身上学到了些什么，并记在了心里。因此，她现在一点都不害怕，就那么轻松平静地坐在床沿等待着永恩，双手交叠在怀中大红色的丝绸上。

几天的筵席之后，庭院中的各处慢慢安静下来。孩子们也都吃得很饱，没怎么哭就睡着了，仆人们打着呵欠插上了院子的门闩后，也爬上了床。她自己的女佣也只是一等到主人走进来，就把铺盖在门边打开，躺上去睡着了。每个人都已入睡，年轻人们取笑够了新郎官回家去了，他也终于穿过安静的院落往里间走来。之前她已经偷偷瞄了两眼，还挺喜欢他长的样子。他是个老实而健壮的小伙子，黝黑的方脸不苟言笑，看上去是个靠得住的男人。她并不怕，因为自己已经学到了不少男女之间的事。

突然，木门吱呀一声被推开了，他就站在那儿，还穿着鲜艳的蓝色新郎服。他没有说话，也没有立刻来看她，只是走进来在桌边坐下开始嗑瓜子。她站起身为他倒了一杯茶，他点了点头，她又坐了下来，很耐心的样子。他也不能嗑一晚上的瓜子啊，她听到门外传来了一声响亮的呵欠，随后就响起了低低的鼾声。

她等待着，笑了笑，透过珠帘盯着他看，但他没有看她。她继续等，最后两个人的目光终于对上了，他有些不好意思，她却立刻展开了一个阳光般的微笑。他也在盯着她，咳嗽了一声，脸瞬间变得通红，赶忙又去抓他的瓜子。她忽然意识到，他有些怕自己。

“你为什么害怕我？”她问，让自己的声音尽量轻柔，因为斯坦利太太就是这样跟丈夫说话的。

他把头扭到一边，最后终于用极低的声音说：“我什么都不懂。你在外面读过洋学堂，我就一直待在这个村子里。你会笑话我的。”

她注视着他。如果是斯坦利太太，她的丈夫这样说话时，她会怎么回复呢？有一次，她看到斯坦利先生把头靠在太太的肩膀上，竟然像小男孩那样哭了起来，但太太没有笑，只是用双臂搂住她，一边抚摸他的头顶一边低声安慰着，就像母亲安慰一个受伤的孩子，不一会儿他就安静下来了。如兰并没有听明白斯坦利太太说的话，但明白了她发出的声音和做出的动作，正是这样，斯坦利先生才又坚强起来，不哭了。

她故作端庄地低头看了看自己的双手，又柔声开口道：“我必须跟你坦白，就算在那个学校里待了那么久，我还是什么都不懂，你懂的肯定比我多。我相信你肯定知道至少一千件我不知道的事情。我在那儿被关了八年，但我的头脑实在不灵光，读不好书，所以一直都不懂什么。以后，我得慢慢跟你学习呢。”

此刻他注视着她，几乎忘记了她是自己的新娘，和自己有多害怕她：“你没学会识字吗？”他问。

“识不了几个。”她回答。

“你没读完四书吗？”他又问。

“没有，我从来没读过四书。”她回答。

“那你这么些年，都做了什么呀？”他诧异地询问。

“我就坐在学校的板凳上，”她谦逊地回答，“有人跟我说话，但我几乎听不懂他们说的什么，我从生下来就挺笨的。他们跟我讲神、法术、吃了会生病的小虫……但谁没事会吃虫子啊？至少我们不吃。所以我没学到什么。”

“什么都没学到？”他认真地问。

“什么都没学到。”她有些难过地回答。

他不出声了，但现在他能轻松地跟她对视，也不再嗑瓜子了。她能看出，听完她说的话以后，他的羞怯正在渐渐退去。

“我只学会了一样东西。”隔了好长一段时间后，她说。这时她的身子微微向前倾，看着他，他也看着她。

“是什么东西呀？”

“我的老师是一个白人太太，”她说，“她嫁给了一个白人先生。他们特别有福气，接连生了两个健康的深色眼珠男孩，其他洋人的孩子都不是蓝眼珠，就是绿眼珠。我从他们身上学到了一样东西。”

“到底是什么呀？”他问，“两个深色眼珠的男孩，听上去是挺有福气的。”

“我学到了，”她一边思考一边说，从她学到的一切中选择着词汇，“如果一个男人和他媳妇在一起的时候能什么都说，而且是和气地说，就像朋友聊天那样，那他们就特别有福气。像我们的家人那样故意板着脸不说话是不行的。”

“你是说，在哪儿都随便一起说话？”

“对，就是这个意思。”

他认真地盯着她，又问："还有呢？"

"还有，有活儿干的时候，要是仆人不在身边，男人就帮着媳妇做，比如搬东西什么的，那他们就更有福气了。"

"那媳妇做什么呢？"他问道，愈加吃惊。

"她也干活儿啊，所以两个人得互相帮忙。"

"那最后算谁赢呢？"他问。

"不是赢不赢的问题，是分担。"她简单地回答。

她等待了一会儿，思考着、回忆着……有一天下午，她看到斯坦利先生抱起了自己的太太穿过一片路上的泥潭，一直走到路的另一边。当时他们以为周围没有人，斯坦利先生放下太太之前紧紧地搂了搂她，还贴了贴她的脸颊，接着两个人手牵手走了好一阵，发现有人在看时才放开了手，但如兰已经看了半天了。那时候她想说："别松开你们的手，我知道你们喜欢这样走路。"但她什么也没说。

"你还学到什么了？"他问。

"一个男人偶尔可以拉拉自己媳妇的手，"她慢条斯理地说，"这不是什么见不得人的事，也是好福气呢。”

他咳嗽了一声，把头扭到一边。她加快速度继续说：“有很多事，我们之前都觉得见不得人，其实完全没什么见不得人的，都是有福气的夫妻会做的事。但我不能都说出来，有些事只能做，不能说……”

他低下头，很长时间都没有回话。最后，他终于粗声嘟囔道：“那就做吧，做那些你学到的事。”

她缓缓站起身，向他走去，学着之前见到斯坦利太太的样子，在他面前的地板上蹲下身来。但她却无法继续，即使心里很清楚接下来该做什么——现在她应该用头贴住他的膝盖，用手臂环住他的腰——但她做不到。现在，害羞的人是她了，怎么斯坦利太太做的时候，一切都显得那么容易呢。

“我没法一次都做完，”她支支吾吾地说，“每天只能做一点。那要不……先拉拉我的手吧。”

他直直地坐着，最后终于抬起了自己的手，牵起了她的。她的心猛地跳动起来，斯坦利太太的心也会这样跳吗？她是怎么了？

“你还学到什么了？”他问。

她没有回答，只是抓紧他的手，又把脸颊贴在两个人交缠在一起的手上。她真该问问斯坦利太太，心脏为什么会这样疯狂地跳动。

“抬起头来。”他说。他的声音无比温柔，就跟斯坦利先生的声音一样！——“抬起头来，我要给你揭开盖头，看看你的样子。”

她仰起了头，他抽出自己的手，为她取下了盖头和发冠放在桌上，盯着她看。接着，他继续用同一种温柔的声音说：“那你有没有学到过，一个男人很喜欢家里给他选的媳妇，这也是好福气？”他又牵起了她的手，带着微笑注视着她，显得很开心，跟斯坦利先生看着坐在面前的斯坦利太太时的样子一样。当时斯坦利先生用他们那种奇特的语言问了一句什么，太太也回答了。哎呀，她到底是怎么回答这个温柔的问题的呢？忽然间，她有了主意——不是从她又笨又慢又不善言辞的脑子里想出来的，而是来自她跳动的心：“没错，这也是好福气，我知道。但如果媳妇也很喜欢自己嫁的男人，就是更好的福气了。”

她感觉到他的脸颊贴住了自己的，跟她之前看到的一样。

要是如兰能写，她一定很久以前就给斯坦利太太写信了，她想问问她，不是说会来看她的吗？怎么还不来？如兰都已经离开学校五年了。这五年里，她又胖了些，生下了三个壮实的男孩，还有一个漂亮的丫头。那个小姑娘太可爱了，他们的爹没有像别人家那样只疼儿子，而是格外宠爱这个女儿。

当然，这世上没有比永恩更好的男人了。斯坦利先生对自己的太太，也比不上永恩对如兰那么好。这五年中，她已经一点一点把自己看到那对外国夫妇做过的事情都告诉了他，包括他们怎么看彼此的眼睛，怎么说话。每次聊这些时，两个人都能理解到新的东西，更加明白这样的目光和话语蕴含的意义。她现在很确定，她和永恩每次像两个洋人那样深情而温柔地说话时，两个人的心都会怦怦跳动。一想到两人心脏的节奏如此相近，她就无比开心。她这么坚信两人的感情，是因为很快她就跟永恩形影不离了，每天都跟在他的身边，四周没人的时候，更可以随意靠近他。她知道宅子里的其他女人并不认同他们的做派，她听到过她们这样说："她在洋学堂里学得那么肆意妄为，把摩登自由的那一套都学会了。"她听到只是笑笑，她们说得也不算错。

她自己仔细琢磨过一阵。之前，她确实没有考虑太多，比如，她完全不像其他女人那样担心，自己的丈夫会纳妾。她难道不明白永恩的心吗？这就是她学到的，如何明白他的心。有时候他们也会聊到这些，聊到他们两人的生活跟身边其他人的不同，永恩总是无比感激地说："要是斯坦利先生和太太能来看看我们就好了，你从这对夫妇那儿学了这么多，我都不知道该怎么感谢他们了。如果不是他们，我的日子就不可能过得比其他人都好。有你在身边，我就对这世上其他任何女人一点兴趣都没有。"她笑了。她知道自己一直不漂亮，现在更是年纪大了，如果用美貌衡量一个女人的话，她一定不是最好的。但她完全不怕。

因此，那个八月的早晨，学校里突然来了一封信，她激动得都等不及永恩回家来再读了——很久以前，她自己就放弃了读书这件事，之前学过的字都忘得差不多了。有时候，家里会有女人好奇地抓着一张纸片问她某一个字怎么写，她都会大笑着回答："就算以前知道，现在也早忘光啦！现在我根本用不着写字啊。"要是她已经开始认字的大儿子跑过来问她，某一个词是什么意思，她也总是笑："读书的事儿你可别问我，儿子。"

她把信放在一边，直到听见永恩进门，才走过去一边等着他打开信封，一边用自己的手挽住他的手臂。这五年来，她越来越习惯挽着他的手，他一向她走过来，也自然而然地把手伸过去让她挽。

"是斯坦利先生来的信，"他低声嘟囔着读了一会儿，说道，"他们想在我们村里盖一座礼拜堂布道，也想开一家学校，他会带着斯坦利太太一起来。"

"当然了，他俩肯定不会分开。"她轻声说。

"对啊，"他一边说，一边又折起了信纸，开始迅速盘算着，"就让他俩住在我们家里吧。南屋的旧牡丹园有一些我的书，平时也很少过去，正好准备准备给他们住。预备最好的被褥，还有我爹从南方买来送给我们的上好乌木家具。我会把朋友们都请过来，并不是为了那个什么教，而是作为一个朋友欢迎他们俩，正式感谢他们教给你的一切。”

“好的，”她说，“也给他们看看我们的孩子们。”

“我们也可以把女儿送到他们的学堂里读书呀。”他叫道。他们一起开心地坐下来，牵着彼此的手，都微笑着。“我们真的是好福气呢。”他说。

“没错，真的好福气。”她强烈地附和着。

就在那个八月里的一天上午，夏天即将结束的时候，如兰在家中迎来了两位外国客人。他们一起站在门口，比记忆中消瘦了些，头发灰白了些。“二位老师路上辛苦了，”她说道，热情地欢迎着他们，“快进来吧，快歇歇脚，吃些东西。您二位能来，真的是太好了！”

永恩那天特地没有去做活儿，专门在家等着他们光临。他在家中忙前忙后地跑，亲自为客人们送上美味的点心和丰盛的菜肴，端茶倒水，还检查了床上的铺盖和蚊帐。“我做什么都不够报答他们俩呀！”他经过她身边时，这样说。

就这样，斯坦利夫妇在刘家住了三天，永恩和如兰无比热情地款待他们，展示着他们美满的生活和儿女双全的福气。如兰本来想让孩子们穿上最体面的衣服，但天气实在是太热了，她也就不管了，还是让他们舒服最重要。而且，他们这么健康可爱，任何人都会喜欢看他们下半截光溜溜的、黝黑的小身子的。她也想把房子打扫得更干净一些，把桌腿上的灰和家里镏金的神龛都擦干净，但每天实在是太忙碌了，自从客人们到来以后，除了要为他们奉上各种美味佳肴、陪他们聊天、保证他们能舒适地休息、在门前挂上迎宾的红灯笼、欣赏永恩买来的烟花、让仆人们点篝火助兴以外，就没有任何时间干别的了。

原本，她也想跟斯坦利夫妇多分享一些自己现在的生活，说一说自己有多么感谢他们。至少跟他们说说，她现在过得多么幸福。但根本没有机会，他们一直忙着新学堂的事，努力地计划着，奔忙着，就像他们一贯那样。

但他们仍乐在其中，她也很清楚。他们依然像从前那样偶尔从忙碌中停下来，深情地看着彼此。很快，他们就又要走了，她有些舍不得，更仰慕他们了。她跟永恩一起站在门边向他们挥手告别，让他们慢走，快些回来。永恩大声说："我们的女儿会去当您新学堂里的第一个女学生！"她的心中也无比向往，冲他们叫道："对，好好教育她吧！就像您二位教我那样！"她只来得及说出这么多，但她并不担心，他们会明白的。她跟着永恩一起走回家中，两个人的手紧紧握着。他们携手信步，一同穿过院子，无比幸福。

坐在那辆摇摇晃晃开在乡间土路上的福特老爷车里，莫莉靠在维恩身上，很庆幸周围总算没有其他人了。此刻，坐在维恩身边，她的心中一如既往地升起一股温暖平和的感觉——他们两个人就要一起回家，见到孩子们了。她又往他身边贴了贴，他也伸出手臂搂住了她。他十分擅长用一只手驾驶。

"亲爱的，"他柔声说，"我很开心你能离开孩子们几天，单独跟我出来。就算你没来，你知道，我也不会怪你的。"

"我不能离开你的身边，维恩。"

"嗯，我知道。"他们陷入了甜蜜静好的沉

默中。

在眼前的江南田园风光里，暮色开始降临，周围的池塘和水渠中蒸腾起薄薄的雾气，山间的天色逐渐暗去。茅草屋顶上直直地升起了一缕缕淡蓝色的炊烟。这一番景象多么奇特，与他们的故土上起伏的山脉、棱角分明的城镇多么不同啊！可是，似乎也并不是那么的不同，它们一样有着一户户的人家，人们在其中过着自己的日子。而这里，就是她的家——维恩在哪里，哪里就是她的家。她立刻就开心了起来，觉得每一件事、每一个人都很好。

忽然间，她想到了如兰。

“维恩！”她叫道。

“怎么了？”维恩回答。

“你觉得如兰，到底怎么样？”

“嗯，那你觉得呢？”维恩冲她眨了眨眼，问道，“她怎么样？”

“跟我之前担心的一模一样，”她忧心忡忡地说，“她连之前学到的那一点点也全都丢光了。维恩，不说你根本看不出来，如兰曾经离开过这个小村子，对不对？你看看她，跟随便哪个乡下妇人，有任何区别吗？”

“没有。”维恩一边思考，一边说道。他小心地驾驶着汽车，娴熟地绕过了两道深深的车辙。

莫莉哀怨地环顾着周围的乡野，山谷中黄澄澄的，满是成熟的水稻，夏末的山丘是深棕色的，村庄四周围绕着摇曳的柳树。“完全没有，”她继续说，“房子到处是灰，一点都不干净，孩子们什么都往嘴里放，我看到那个小姑娘在嚼黄瓜，连皮都吞下去了。”

“我也看到了。”他简短地回复。

“如兰就跟一个完全没见过世面的妇人似的，就知道坐在那儿笑。她既不读书，也不在村里做任何事，离开了这么多年，还是个平庸得不能再平庸的村妇。我教了她这么长时间，却没有一样东西被她用来改变自己的生活。”

“莫莉，你看到那些神像了吗？”维恩有些严肃地说。

“看到了。”莫莉丝毫提不起兴致。

他们又在沉默中往前开了一会儿，回忆着那一排镏金的神像，前面还燃着的蜡烛。他们曾经一遍又一遍耐心地教如兰："除天主之外，汝前再无神祇……"她一次次这样问道："如兰，天主是谁？"而如兰总是面带歉意地微笑着："老师，对不起，请您教诲，我忘了……"

"天主是我们的神啊，如兰。"

"是，老师，我想起来了。"

"你就不能再拜别的神啦，如兰。"

"是，老师。"

后来，马丁博士又在受洗班里问她，天主是谁，她竟然回答："先生，天主就是家神。"这丫头也太笨了！她怎么什么都学不会呢……

莫莉回忆着这忙忙碌碌的两天，有吃不完的东西、各种各样的噪声、跑来跑去的孩子，还有各种好奇的邻居跑进来看新来的洋客人。但如兰看上去完全不介意，就那么安然坐在一团混乱之中，一直微笑着。每个人看上去都挺喜欢她，孩子们绕着她跑，邻居们也愉快地跟她打招呼，永恩也……一想到永恩，她忽然呆住了。

"维恩！"她猛地大叫，盯着他。

"怎么了，亲爱的？"

他转过头，宠溺地看了看她。她的样子一点都没变老，像只小猫那样依偎在他的身边。

“说起如兰，有一件事——她丈夫看上去很喜欢她呢！”

“我也觉得是，”他缓缓地说，“没错，我也不知道为什么。她完全没记住我们教给她的任何东西啊！”

老母亲

老母亲跟她的儿子、儿媳、和两个孙儿围坐在餐桌旁。他们的午饭是一位上了年纪的女佣端来的。老母亲安静地坐着，双手叠放在大腿上。她用克制的目光看着一盘盘被端上桌的菜，有一道是她特别喜欢吃的，但她什么都没说——她知道不过是碰巧，那并不是专门给她准备的，儿子儿媳总说自己吃不惯她想吃的那些粗茶淡饭——所以，并不是因为她喜欢吃青椒，今天桌上才有青椒炒豆子的。

注视这盘菜让她的口水流了出来，她已经很饿了。她很想抓起筷子猛插过去，一下夹起好多青椒，堆在女佣刚放到她面前的那碗米饭上，但她早就被教过不能这样——是的，跟儿子儿媳一起住的这四年，她学会了很多东西。因此，她耐心等待了好久，直到儿媳总算在所有的菜都端上桌后正式发话：

“妈，想吃什么就快吃吧。”

然而，儿媳把一道道菜递给老母亲时，总会先确认每个碗碟里都有一双公筷，并紧紧盯着，以防她一个不小心把自己的筷子伸进了共用的菜盘。老母亲确实花了好长时间才学会不这么做。做了一辈子农民的女儿、农民的妻子，她从前并不觉得用自己的筷子夹公盘里的菜是一件很不得体的事，只有她的儿子儿媳才会这么想。他们是一起从国外回来的，那里的人应该是又野蛮又肮脏——然而，第一天一起住的时候，她是小心翼翼把筷子在双唇之间舔干净再去夹菜的，而他们竟然惊恐地大叫了起来。

他们的叫声一下子把她吓呆了，手中的筷子悬在饭碗上方，她问："怎么了？怎么了？"她觉得肯定是有什么不干净的东西在盘子里，头发丝、线头、小树枝什么的，即使是顶级的厨师做饭时偶尔也会不小心掉点什么进去的。但她的儿子大声喊道：

"你得用公筷！你不能用舔过的筷子夹东西！"

她当时也火了，愤愤不平地说：

"你是嫌我脏，怕我有病吗？"

他们开始试着跟她解释一些很小很小的东西，

小到眼睛根本看不见，但能把病从一个人带到另一个人身上。她僵直地坐着，一点都听不进去，只是一遍又一遍地说：

“我才不信自己有那些东西呢，我从来没在自己身上见过虫子。”

他们回答：“但它们太小了，根本看不到啊！”

于是她用胜利的口吻说：“那你们怎么知道我身上有，如果根本看不到？”

她觉得自己赢了，但她儿子竟像自己是父亲似的说道：

“没必要再说下去了，我不允许自己的家里不整洁！就是不行！”

老母亲很难过，之后她一言不发地坐着，除了自己的米饭，什么也没吃，一道肉和菜都没碰，虽然这么做对她是不小的折磨。她一辈子胃口一直很好，很喜欢吃东西，现在年纪大了，吃饭更成了她不多的享受中最重要的一样。

不过，她必须妥协。有一次，儿媳甚至在饭桌上做过这么一件事——女佣某天晚饭时端进来一大盆热腾腾的冬瓜汤，正是老母亲特别喜欢喝的，她高兴坏了，把规矩什么的都忘了，直接就把自己的白瓷勺伸进汤里舀着喝了起来，味道好极了！她正想再盛一勺时，儿媳却一下子从椅子上站起来端走了整盆汤，把它全部顺着敞开的窗户泼进了花园，那么美味的汤就那样不见了！

老母吓得结巴了起来："为啥……为啥……"她怎么也想不明白。

儿媳的两片薄嘴唇紧紧抿在一起，面无表情地回答她：

"我们不想喝你剩下的。"

老母亲生气了——是的，刚开始的那些日子，她还是敢生气的——她固执地大叫：

"我说，我还能毒死你们吗？！"

但儿媳更加面无表情甚至有些冷漠地回答：

"你从来不刷牙。"

老母亲郑重地回应：

"我一辈子都用家里教的办法漱口，早上起来和每顿饭之后都漱，我那个年代这样足够了。"

儿子一脸轻蔑地说：

"你那个年代？拜托，可别提什么你那个年代了！这个国家要是想跟其他地方比起来不那么野蛮落后，就得先改掉你那个年代里的好多东西！”

但是，老母亲一点也听不明白自己的儿子在说什么。一开始，她会用乡下人的方式嘲笑他的这些话。对她来说，儿子不过是一个小男孩，嘴里说着不知从哪儿听来自己也不大懂的高端词汇。不过，当她看到自己笑时儿子脸上冷漠而严肃的表情，看到家里的访客听他说话时尊敬的样子，意识到人们只是在给他面子才包容自己的存在，她就完全笑不出来了。因为如果周围全是阴沉的面孔，一个人很难独自笑下去。

于是，她学会了在沉默中吃饭，等到被允许时才开始。此刻她刚吃完自己的一碗米饭，安静地站起身，穿过走廊走向自己的房间。但走到门口时，她停住了。事实是，她还没有吃饱。乡下的常年劳作让她习惯了每顿至少吃三碗饭，现在她肚子里只有一碗，感觉空虚而无力。农场里连碗都要大一些，是青花瓷的；而儿子家里的这种是城里人用的精致小碗。是的，她仍然很饿，但她不敢想吃多少就吃多少，怕她儿子又用那种嘲讽的腔调说：

“你跟下人们吃的一样多！我从来没见过哪家的太太这么吃饭。你干什么活了，要吃这么多东西？”

儿子倒并不是舍不得给她吃，她心里清楚——怎么可能呢，他一个月教书挣的钱，比他父母种一年地挣得都多——并不是钱的问题，而是他觉得自己丢脸。是的，她知道儿子觉得自己给他丢脸了。每次请客人来家里吃饭，他们总找借口让她在自己的房间里吃。不过，这样她至少可以想怎么吃就怎么吃。

但她现在还没吃饱。她转过身，又静悄悄地穿过走廊，走出后门，绕过后院，走进了厨房。她羞涩地冲女佣们笑了笑，拿起一个碗，从半空的大锅里挖了些米饭出来。之后她走向摆剩菜的桌子，那是给下人们吃的。那盘青椒炒豆子也还在，但她没敢碰，因为剩下的不多了，如果她都夹走，用人们会不高兴。于是她给自己夹了些卷心菜，这一盘剩下的多。接着，她走回了自己的房间，一路上不敢跟任何一个女佣对视，也很担心撞上自己的儿子或儿媳。她知道用人们并不乐意这样跟她分享食物，但也有些可怜她，所以不和她计较。当她被挖苦时，比起吹毛求疵的女主人，用人们也更愿意站在她这一边。

一走进自己的房间，老母亲就轻轻关上了门，把插销也插上。她随即坐下，开始享受饭菜。她贪婪地吞咽着，把最后一粒米都吃掉才站起身，把碗和筷子在自己的脸盆里洗干净，这样就不会麻烦女佣们做额外的活计。

吃完饭后，她拿起了桌上一排小铁盒中的一个打开，从里面取出一小片冷米饭，是昨天存下来的。她把这个也放进嘴里，起劲地咀嚼着。她用这些小盒子储藏所有自己能拿到且塞得进去的食物，以便在饭点以外的时间充饥。然后她又坐下来，从头上摘下一根细细的旧银簪剔牙。

老母亲坐了一会儿，又站起来打开门朝外瞧了瞧。她是想看看两个孙女儿在不在外面。她不敢叫她们进来，因为儿媳不喜欢她的孩子们进奶奶的房间。她当时是这样数落老母亲的：

“你从来不开窗，里面的空气对孩子们的健康不好；你囤的旧衣服都发霉了；你还爱藏吃的，弄得房间里到处都是老鼠。”

“那几件褂子是我母亲的，都好好的，为啥要扔掉？”老母亲分辩道，“好好的东西不能随便扔，特别是穿的和吃的！你要是跟我一样老就会知道，人可能突然一下子就穷了，一点征兆都没有。”

对于这些话，儿媳只会不屑一顾地撇撇嘴，如果看到孩子们去祖母的房间，就会想方设法把她们叫走。因此，开着房门看能不能吸引某个孙女儿自己走进来，成了老母亲平时的爱好之一。而且，她们真的是太可爱了，肉嘟嘟、香喷喷的。她最喜欢用自己满是皱纹的鼻子使劲蹭她们小小的脖颈、逗得她们开心地大笑。

这两个孩子出世的时候，她很高兴。她一直喜欢孩子，虽然自己年少时嫁给了一个一穷二白的男人，他必须卖苦力才能让全家有饭吃，她依然珍视自己孕育的每一个孩子，包括女孩，每一个都被她养育过，只有一个例外。那是个大饥荒年，地里颗粒无收，她的婆婆下令不要救这个孩子了，因为大人们都不知道还有几天能活。那一年确实很多人都挨了饿，都离死亡很近。

直到今天，那个小女婴的脸都还在老母亲苦涩的记忆中，她只在她出生时看了一眼，就再也没见过了。但她仍然把她算在自己总共失去的四个孩子里。是的，她也算老天爷从她身边带走的四个中的一个。

三个她养大的孩子里，这是唯一的一个男孩了。最大的儿子八年前得霍乱死了，当时正值壮年。老三是女孩，现在嫁到了别的村子，也是个穷人家，基本见不到面了。女婿也不太可能欢迎一个有儿子的老太婆到自己家来住。

所以，她只有这一个儿子能依靠了。其实之前，她和死去的丈夫一直觉得这个儿子是最好的。没错，他小时候又聪明又好强，他们一开始就决定好好培养这个孩子，让他当一个有出息的人。所以，儿子还不到十岁，就被她丈夫送进了附近城市里的西式学堂念书，一待就是十年。在那里读书挺好的，他们也不像有些父母那样介意自己的儿子学习一种外国的宗教，因为能学的东西本来就不多。去了一年左右，听说他学得很好，他们就更放心了。而且那些洋人给他提供了一切，刚开始男孩寒暑假还会回家来，几年后就根本不愿意回来了。因为他已经变成了一个精致的文化人，待在乡下的土房子里不自在。洋人们甚至鼓动他去别的国家继续学习，还给了他一些钱，但远远不够。她仍然记得儿子没打招呼突然回了家的那一天，当时他们夫妇正在水田里种稻子，他对他们说：

“妈，我要去国外继续读书了。洋老师们会给我些钱，但还不够。我想跟您和爸再要些，把你们手里的都给我吧。你们老了以后，我绝对会照顾好你们的。”

刚开始这一切听上去太疯狂了，但她和丈夫跟周围的每个人聊过之后，很多人都说：

“我们听说，如果男人去留洋，能学到很多东西，回来以后每个月都能挣很多钱。如果你们让他去，老了以后就可以享福，不用再干活了。”

于是，夫妇俩听了人们的话，让他去了。那时候他们的大儿子还在身边，在临近的镇子上开了一家小杂货铺，生意足够养活自己和妻子了。他们甚至没有给小儿子娶亲就让他去了国外，因为他看上去那么有学问，又高傲又倔强，他们不知道该给他找什么样的媳妇，才能跟他聊得来那些高深的话题。

后来，他用新潮的方式结了婚，没有征求父母的许可，媳妇是在留学的那个国家找的，回来之前已经成亲了。她并不是外国人，但看上去跟外国女人差不多，苍白而挑剔，在地板上铺羊毛布，在窗口晾贴身衣服。而且，谁会每天都洗一遍自己的孩子呢，那么可爱的小东西能有多脏？

小儿子回国前两年，她的丈夫死了。他一直身体硬朗，待人友善，却在一个寒冷的冬天突然走了。当时他胸口疼又发烧，两个人都觉得可能过一会儿就自己好了，又舍不得花钱，就没叫医生，没想到他就这样咽了气。她必须给他买棺材，办丧事，却没有钱，只能卖掉一部分地。因为他们几乎没给自己留下什么钱，都寄给在国外的小儿子了。

不过，她现在是一个独身女人了，反正也种不了所有的地，于是她把很大一片地卖掉了，给自己的男人买了一口好棺木。她也很庆幸，自己给他新买了一件蓝褂子，让他可以穿着入土。那件衣服比他一辈子穿过的任何衣服都体面。

就在同一年，她的大儿子也死了。他没留下孩子，他媳妇回了自己的老家。这样一来，除了在国外的小儿子，老母亲一无所有了。他已经是她的唯一。因此，当他写信回来要更多更多的钱时，她把最后一寸土地也卖了，把所有的银子都交给了外国人，托他寄给自己的儿子。一个老邻居有一次对她说：

“最好不要把你手里所有的地都卖掉。即使是儿子，也不会太爱一个再也拿不出什么的母亲的。”

但她并不害怕，她这样回答：

“他是个好孩子，这些地本来也都是他的。现在他需要，就都给他。我是一点都不怕，他说过肯定会好好照顾我的，他家里肯定会有我住的地方。”她说这些的时候是笑着的，对自己的儿子没有丝毫怀疑。

但此刻想起当时的回答，她叹了口气。不错，她确实住在儿子的家里，这是一座精致的房子，每个客人都会赞叹，多漂亮的西式洋房啊！楼上还有一层，顺着楼梯往上走就行，他们却给了她这个楼下的房间，因为她不能爬楼梯；即使能爬，也会被请下来。如果他们想避开她，就会带着孩子们上楼，一块儿坐在那里，把她一个人留在楼下。唉，她太了解他们了！虽然他们觉得她太老了，什么都不懂，但是她什么都懂。

忽然，两个孩子来了，脸蛋红扑扑的，刚刚睡醒。两个都是女孩，她们从走廊跑过来，跑进她敞开的房门。她看着两个小女孩坐在那儿玩玩具。小一些的女孩出生时，老母亲冲她的儿子叫道：

“这回该是个男孩了吧！”

但儿子生硬地回答：

“我们早就不这么重男轻女了。现在的男孩和女孩都是平等的。”

老母亲无声地撇撇嘴，对儿子刚才说的话不以为然——好吧，但如果每个人都生女孩，谁来做下一代的父辈呢？当然得男女都有啊，蠢货！

她一回头，看到小女孩正盯着她看，就笑了出来。没错，她们确实都是最可爱的孩子，而她更偏爱的正是小的这个。她忽然想把这小东西搂在怀里，是的，她要把自己衰老的面孔埋进小女孩下巴底下最甜美而柔软的位置。她用舌头发出小心而轻柔的咯咯声，小女孩有些不确定地看着她。此刻老母亲忽然想到了些什么，站起身来，走向那许多个小铁盒，打开了其中一个；里面有一块小小的甜果仁糕点，是她十来天之前放进去的。糕点上有一点灰，但她拿起来吹了吹，又用手抹干净，就伸手递向小女孩。

刚学会走路的小女孩摇摇摆摆站起身，走向老母亲，伸手去接糕点。老母亲把小孙女抱了起来，把糕点递给她，小女孩慢吞吞地开始吃。老母亲关上了自己的房门，抱着小孙女坐在床上，把自己满是皱纹的脸凑近那温暖的小脖子，紧紧抱住——啊，小宝贝儿，小宝贝儿……

不过，他们已经教过了，要孩子们讨厌她。大点的女孩已经跑去跟妈妈告了状，门被猛地推开了，儿媳冲了进来，话音不高，却透着冷漠与压迫：

“妈，谢谢你。但现在她该去花园玩了。”随即，她发现了小女孩红嘴唇上的几粒食物渣，立刻大叫了起来，忘记了维持优雅：“你给她吃什么了？”

老母亲尝试实话实说，无论如何，一小块甜糕点能有什么害处呢?

“就是我这儿的一小块点心。”

女孩的妈妈瞬间把她抓了起来，直接掰开了她小小的下巴。

“果仁!”她愤怒地叫道，随后就把两片嘴唇抿到一起，不再说话了。但孩子被她紧紧夹在手臂里抱走了，小女孩吓得哭了起来。

老母亲无比愤慨地坐下。她告诉自己，什么都没做错，自己什么都没做错。可是，她被压制了这整整四年，心中确实有一种模糊的负罪感。她坐在房间里喃喃自语：是啊，这么一块孩子们都喜欢的小点心，怎么就惹祸了！可怜的小东西啊，只能吃她们妈妈喂的那些又稀又软的东西……

正自言自语时，她听到了什么声音，原来是大的女孩正站在门口。老母亲一下子忘记了那块糕点带来的噩梦，笑着向孩子伸出了手，但女孩摇了摇头，向后退去。老母亲的手垂了下来，她喃喃自语道：

“他们也教会你了，对吧?”她有些痛苦地

笑了。

但那女孩只是有些畏惧地盯着她看看，就又坐下开始自己玩了，背对着老母亲。每隔一会儿，她就会扭头看看自己身后的祖母。

不过，那天晚上，小女孩还是病了。有可能是糕点里的果仁，也有可能是别的什么。年轻的母亲彻夜照顾着自己的小女儿，老母亲的儿子也一夜没睡。第二天早上，孩子终于好转了些，能稍微睡熟了。老母亲从一个经过的女佣那儿听到这个消息，松了一口气，她也担惊受怕了一整夜。当她走进餐厅吃早餐时，发现只有她的儿子在，她一边落座一边对他说：

“哎，没什么大事就好！孩子总会有小病小灾的，我记得你小的时候也……”

但他打断了她。她立刻明白，儿子有话要对她说，他看上去苍白而愤怒。于是她什么也吃不下了，放下手中的筷子，她看着他，试着记起，这是她的儿子，最小的儿子。她试着记起他小时候爱哭的样子，来找她乳头的样子，但做不到。对她来说，他好像一直都是现在这副模样，高傲，自命不凡，穿着外国的衣服。他的鼻梁上架着金边眼镜，板着面孔，不苟言笑，她非常怕他。有那么一刻，她甚至期待儿媳能走进来，因为他对老母亲讲话过于严厉时，她偶尔还会阻止。

但餐厅里只有他们两个人，母与子。他甚至把用人们都打发走了。他会把她——自己的母亲——杀掉吗？他开口说：

“我不想偏袒谁，妈。我知道自己的责任，你得住在我家。不过，如果你想继续住下去，就必须听我的。你不能教坏我的孩子们，我得对她们负责。昨天，明知道我们正式要求过你不要给孩子们喂吃的——特别是你藏在自己房间里的那些剩饭剩菜，好像我们饿着你似的——你完全不听！”他停顿了一刻，平息自己压抑了好久的怒火，又继续冷峻地说：“你完全不听孩子妈妈的话，给小孩儿吃那些她平时从来不会吃的东西，结果昨晚她病了！”

“那只是一小块好好的糕点啊。”老母亲嘟囔着，还想申辩。

“但我们已经说过了，什么都不要给她们吃！”儿子斩钉截铁地重复。

忽然，老母亲败下阵来。她受不了了，开始大哭起来，抽抽搭搭地说：

“我要走！啊……让我走吧！这儿我待不下去了！我必须得走！”

儿子耐心地等待着，直到她平静了些，才说：

“妈，别这么不可理喻。你能走到哪儿去？这世上哪儿有你能去的地方？”

“我可以去你姐姐家！”老母亲哭得很厉害：“对，我就去那儿，帮我女婿做活儿。我还有力气，能上山割草、下地里拾粪、扫地、看孩子、烧柴禾……我能养得起自己！”

但儿子苦涩地笑了：“你以为我没想到过这些吗？”他说：“去年我给他们写过信，问如果我给钱，他们能不能照顾你一个月。因为我太太觉得跟你同住太困难了，你根本学不会怎么跟我们相处。他们的回复是，即使是一个月也有些困难，因为他们的孩子太多，房子太挤了。”

听到这些，老母亲一下子沉默了。她确实从来没有真正想过去那边住，但这些年里，这总是一样能拿出来说的东西。没错，每当她生儿子儿媳气的时候，会趁着他们不在跟女佣们或是家里的其他什么人甚至来厨房门口卖鱼卖菜的小贩们叨叨：

“我还有个女儿呢，她有地。要是在这儿受不了我儿子和他媳妇，我就去跟女儿住！”

但是现在，她知道自己再也不能这么说了。是的，如果她再说，儿子心知肚明的目光就会落在她的身上。他甚至试过付钱让母亲离开自己家，还被拒绝了，连付钱也不能让别人收留她。她低下头，任由她儿子说下去：

“妈，你看，我太太是个受过教育的女人，你不过是个乡下村妇。现在旁边没别人，我才这么说。我的孩子就应该接受新式的教育，我也想这样。我的家不可能跟你以前的家一个样。我们不会在地上吐痰，不会让鸡跑来跑去，我的孩子也不能乱吃那些你的孩子吃过的东西。”

这句话激起了老母亲心中的最后一丝反抗，她无力地辩驳：

“可你也是我的一个孩子啊！”

但儿子强硬而直白地说：

“可我不想像你那样，七个孩子里只养得活

三个！”

听到这话，老母亲颤抖着站了起来，直视着儿子的眼睛，尖声叫道：

“所以你说，是我杀死了我自己的孩子?!”

儿子大声说道——仿佛耐心已被耗尽——声音再也无法压下来了：

“我只是说你愚昧无知，顽固不化！”

他也站了起来，不再说话。是的，他即将出门，即将把所有那些刚说出口的难听话语，都留给她一个人。她还想把他留下，她在他身后用自己衰老而颤抖的声音大喊：

“那我可以去死啊！至少还能去死，我可以上吊啊！”

儿子瞬间转过身来，怒不可遏地注视着她。他发现那张无比熟悉的苍老面孔上，带着最后的勇气和疯狂。

“你只知道说！”他用一种突如其来的暴怒吼道，“你就只知道说！你就想让我丢脸，让全世界都知道，我妈在我自己的房子里上吊了！”

他按响了墙上的电铃，一个女佣走了进来。他努力压制着自己的声音，用平常那种冷漠而坚定的语调说：

“我母亲需要一个专属女佣，她现在精神不太正常。雇一个人进来专门照顾她吧，日夜都不要离开。这件事交给你去办。”

女佣行了个礼，儿子走了出去。

这已不是用人们第一次在房子里听到高分贝的嗓音了。在这里，并不需要在锁眼边偷听就能见识到。今天发生了什么，他们都心知肚明。但这样的结果对那个女佣来说还挺不错的。她本来就经常跟男主人和女主人抱怨，他们的老母亲简直比孩子还难照顾，应该给她像小女孩们那样配一个专门的保姆。所以，她现在很开心，她已经想到了自己的一个妹妹，对方会愿意接受这份工作的。但老母亲颤抖着转过身，对着女佣抽泣起来：

“他不让我去死！我连死都不行！”她大哭着朝女佣跌跌撞撞走去，就像个绝望的孩子，不顾一切地向任何人寻求安慰。

女佣只是把她带到一张椅子上坐下，敷衍又故作轻松地安慰着，巴不得快点离开：

“别这样，别这样，老人家。您的儿子已经很不错了，他给了您住的地方，有吃有穿，您真的该试着再……对，对，他是个有孝心的好儿子，大家都这么说！”

难民

他们从远方的乡村而来，茫然穿过新首都的街道——是的，即便自己的土地只在几百里之外，对他们来说，那也是遥不可及的远方。他们的眼神空洞，是一群突然被不可预知的原因夺去了一切的人。他们的世界原本是熟悉且安全的，直到现在。从前的他们只习惯于田地和乡间小路，此刻却在新首都的骄傲的大道上蹒跚前行，双脚踏在新砌好的水泥人行道上。虽然街上满是他们从未见过的东西，甚至还有汽车，还有很多他们听都没听过的新鲜玩意儿，他们眼中仍然空无一物，像梦游一般走过。

此刻的队伍中有数百人，他们不看周围的任何人或任何事，也没有人看他们。城中满是难民，成千上万，食不果腹，衣不蔽体，聚居在城墙外巨大的营地中。每天中的任何时间都能看到一队一队衣衫褴褛的男女和孩子往难民营走去，若是城中的居民注意到他们，都会越来越心酸地想：

“又是难民。还有没有个尽头啊？就算只喂给他们每个人一点吃的，我们也全都会饿死的！”

这种心酸会转化成恐惧，让小商贩们粗鲁地赶走每个时辰都出现在门口的乞丐们，也让人们付给洋车夫的车费残酷地越来越少，因为拉车的人比坐车的人多十倍，难民们都在想方设法挣钱。连本来就以拉车为生的车夫们都在咒骂难民，因为他们饿得要命，不管给多少钱都肯拉，所以现在全城的车费都低极了，大家都不好过。城中到处都是乞讨的难民，涌入不需要技术的各行各业，每个清晨街上都有饿死的尸体，谁还会愿意在这寒冬的黄昏正眼瞧这新涌入的一群呢？

但这并不是些普通老百姓，不是经常在发大水时挨饿受穷的贫民。这些人明显是有身份有地位的，能看出他们都来自同一个地区，身上穿的都是同一种深蓝色棉布缝制的衣服，模样简朴，老式的剪裁，长袖子，外套也又长又结实。男人们都穿着带刺绣的围兜，刺绣的样子好看、复杂又特别。女人们头上包着同一种蓝布做成的头带。男人和女人都身材高挑，虽然女人们是裹了脚的。行列中有几个年轻的男孩，也有几个更小些的孩子坐在篮子里，被自己的父亲们用扁担挑着。但是没有女孩，也没有婴儿。每个男人和男孩肩上都挑着或扛着东西，基本上都是被褥之类的，还有衣服，也是用一样的蓝布做的，看上去很干净，也制作考究。每一摞叠好的被褥上都放着一个小垫子，再上面是一口锅。这些锅毫无疑问是人们仓促离家时从村里的土炉子上直接端走的，但任何一个篮子里都没有一点食物，锅里也没有任何最近烹饪过的痕迹。

仔细端详这些人的面孔，就会发现他们确实很久没吃过东西了。暮色中看第一眼，他们还显得挺正常；但再仔细看就会发现，他们都已经饿了很久，脸上浮现着最后一丝歇斯底里的希望。他们无视一个崭新的城市中新奇的一切，因为他们已经与死亡近在咫尺，什么都看不到，也不会对任何事情感到好奇了。他们从未离开过自己的土地，直到大饥荒让他们不得不走。因此，他们一路走来目中无物，鸦雀无声，对一切漠不关心，因为即将死去的人会对活着的一切毫无兴趣。

走在这支漫长而沉默的队伍最后的，是一个干瘪的小老头。连他也挑着两个篮子，垂在肩头的扁担上，也是同样的被褥和锅，但只有一口锅。另一个篮子里看上去只有一床被子，已经破旧不堪了，满是补丁，但仍然干净。虽然挑的东西不多，但对这么衰老的一个人来说还是太多了。很明显，他这个年龄的人早就不干活了，过去这些年也很少挑这么重的东西。他摇摇晃晃往前走的时候，呼吸声带着沉重的呼哨，憔悴的眼睛费很大力气才能盯住前面的人，免得掉队，满是皱纹的脸痛苦得气喘吁吁。

忽然间，他走不动了，把手里的扁担轻轻地放下，就蹲在了地上，脑袋深深地陷在膝盖中间，双眼紧闭，大口大口地喘着气。即使这么饿，他黝黑的面颊上还是泛起了一丝血色。一个衣衫破烂的卖面条的小贩把手推车靠在他身边，吆喝起来，面条摊的阴影覆盖在老人无力的身形上。一个路过的男人停下来看着他，嘴里低声说道：

“我发誓今天不能再给了，不然我自己连面条都买不起了。但这老人家实在是太可怜了。好吧，我还是把今天挣的这一点银子都给他把，我自己可以明天再挣。如果我的老父亲还活着，我也会把这个钱给他的。”

他翻动着全身，最后从破烂的包袱里摸出了一块银子，迟疑片刻还自言自语了几声，又补上了一枚铜钱。

“拿去吧，老爹爹，”他用一种酸楚的热情说道，“快去买碗面吃吧。”

老人缓缓抬起了头，看到了那块银子，却不肯接到手里。他说：

“先生，我不是要饭的。先生，我们有很好的土地，从来没这样挨过饿。我们的土地都好好的。但是今年河水决了堤，多好的土地上也有挨饿的人。先生，我们连种子都没有了，我们把种子都吃了。我跟他们说了，种子不能吃，但他们太年轻也太饿了，根本不听我的……”

“拿去吧。”男人说着，把钱放进老人的绣花围兜里，就径直往前走了。

小贩准备好了一个面碗，大声问道：

“老人家，要吃几碗啊？”

这时老人才动了起来，他在褂子里摸索着，找到了那一块银子和一枚铜钱后，才说：

“一小碗就够了。”

“您只能吃得下一小碗吗？”小贩惊讶地问：

“不是给我的。”老人回答。

小贩诧异地盯着他，但也不好再说什么，只得动手盛了一小碗面，盛好以后叫唤道：“面条来啦！”然后就等在旁边，看看到底谁会吃。

老人费了好大力气才站起身，用颤抖的双手端着面碗走到没有锅的那个篮子跟前。小贩眼看着他把里面的被子拉开，下面竟然躺着一个五官瘦得凹陷的小男孩，眼睛闭得紧紧的。老人抬起男孩的头，让他的嘴巴能够到碗边。要不是看到他轻轻地吞咽起面汤来，人们会以为他已经死了。直到男孩喝完面汤，老人一直喃喃地哄着他说：

“喝吧，宝贝……喝吧，我的孩子……”

“是您孙子吗？”小贩说。

“对，”老人说，“我儿子唯一的儿子。我儿子和他媳妇都在种地的时候被决堤的洪水冲走了……”

他温柔地给孩子盖上被子，才又蹲下身，用舌头仔细地顺着小碗的碗沿把汤汁舔干净，再把碗里最后的残渣也吃完。随后，好像已经吃饱喝足一般，他把碗还给了小贩。

“但是您还有银子啊！”衣衫褴褛的小贩叫道，看到老人并没有多要一碗的意思，显得更加惊讶了。

老人摇了摇头：“那是留着买种子的，”他回答，“我看到这银子的时候，就知道它得用来买种子。他们把种子都吃了，那地里还能种什么呢？”

“要不是自己也穷得快揭不开锅了，”小贩说，“我会白送您一碗的。但这年头施舍东西给一个手里有银子的人……”他摇了摇头，很困惑。

“不必了，兄弟，”老人说，“我知道你想不通。但如果你也有自己的土地，就会知道，种地必须得有种子，不然来年还要挨饿。我能给这唯一的小孙子做的最后的事，就是买一点种子。是的，这样即使我死了，其他人也能继续种下去，地里必须得有种子……”

老人又挑起自己的扁担，衰老的双腿颤抖着。他竭力盯住眼前又长又直的大路，向前走去。

王龙

王龙是农夫老王的儿子，一辈子都住在南京城郊的王村里。他每天都挑着蔬菜进城去卖，绝不是个没见识的普通人。比如，皇帝正式退位的时候，他比村里任何人都知道得早。确实，这样的事若是放在一年以前，是不可能发生的。当时他一到家就告诉了自己的父亲，父亲则告诉了叔父。他叔父是村里的"秀才"，专门帮人写信，因此就告诉了所有村民，每个人都来求叔父写信给自己的亲戚，很快大家就全知道了。

至少有三天，所有人都忧心忡忡，只敢低声说话，每时每刻都觉得大难即将临头。当然，没人真的见过皇上，但每个人都觉得他是某种牢不可破的支柱，那可是天子啊，跟高官们处理国家大事的人。简而言之，有皇帝统治着国家，每一个百姓才能安居乐业。现在皇帝下了台，都没人敢离开村子了。是的，老祖父还清楚地记得太平天国时的日子，自然而然地想到了烧杀抢掠，于是把家里最值钱的东西都搜罗了起来——地契、一件已经传了好几代但还能再传几代的破羊皮袄、几块碎银子——把这些东西都埋进了泥巴墙下的一个洞里。三天以来他一直坐着，捋着自己发黄的白胡须，眼睛盯着被翻过的泥土。晚上他让人把床挪到外面，躺到床底下睡。

不过，到了第四天晚上仍然没有发生什么事，他就把财宝从藏匿之处又挖了出来，发着牢骚，好像还有点失望。村民们渐渐回归了正常的日子，刚开始还有些担忧，但最后人们终于发现，自己的生活中并不需要一个皇帝，甚至开始为他退位而高兴，因为地里的庄稼没有了所谓的庇佑，仍然跟往年长得一样好。

有一天在城里的茶馆，王龙听到一个年轻男子一边喝茶一边大声嚷嚷着说，以前的皇帝不过是国家花好多钱养着的废人……王龙听到这样的言论脊背发凉，不管怎样，不该这样对身份尊贵的先王们不敬。他等了好长时间，看这人会不会被屋顶上掉下来的瓦片砸死，或者被正喝着的茶水呛死。但诸如此类的情况都没发生，王龙努力地思索了好一会儿——对他来说，思考这件事一直不太容易——最终决定，那个人说的话必然是真的，所以老天爷才不敢惩罚他。他开始敬佩地注视着说话的年轻人。

年轻人穿着一件深蓝色的长衫，不厚也不薄，刚好适合当下的季节——阳春三月。他的头发剪得很短，像女人一样涂了发油，光滑地贴着头皮。

“这人肯定是从南边来的，”王龙自言自语道，“我可从来没见过这样的人。”

年轻人说话很快，扫视着茶馆中的人群，发现了王龙在盯着他看。他用纤细苍白的手捋了捋头发，稍稍提高了些音量：

“我们中国比全世界任何国家的人口都多，其他国家原本都该怕我们的。但现在我们被他们欺负，就是因为我们没有大炮和战舰。但这些都不是难事，火药不就是我们的老祖宗很久以前发明的吗？以前能做到的，今天一样可以。现在我们是民主国家了，没有皇帝了。一切都有可能。”

王龙凑近了些，俯身捏了捏年轻人的衣角，恭敬地问道：

“我能问问这褂子多少钱吗？”柔软精致的布

料仍然夹在他的拇指和食指之间，他搓了搓，感受着，嘟囔道，“这是什么布料啊，像云彩一样软。先生，这是外国货吧？多少钱啊？”

可那年轻人一下子生气了，猛地从他手中抽出衣角：“别用你的脏手碰我的衣服！”他大声说，“这可是我两个大洋一尺扯的布，是上好的英国羊毛绒呢！”

两个大洋一尺！王龙的嘴巴一下子张得像鱼一样。他干两个月活儿，也挣不到两个大洋。一件这样的长衫，上面贴着脖子，下面垂到脚踝，得要多少尺布啊，领子都要贴到耳朵了。年轻人在继续讲民国，王龙仔细回忆着自己六年前成亲时裁的蓝色棉布婚服，他足足买了十五尺布——五尺前襟、五尺后背、五尺裁袖子，还有一点剩余——人们送十几尺布去裁缝铺的时候，总得留些富余。那就是至少三十来块啊！他被这么一大笔钱吓到了，三十块大洋可是他一年的收入，就这么裹在了这个精瘦的短发年轻人身上！“真贵啊……”他嘟囔着。

年轻人得意扬扬地转头对他说：“这可是长在英国绵羊背上的正宗外国货，当地的奴隶手工织的，是专门给黑头发的人设计的花色。”他解说道。看出了王龙的震惊和羡慕，他继续流利而居高临下地说：“就像我刚才说的，我们已经不需要皇帝了。我们伟大的祖国现在可以像祖先们说过的那样——民主、共和、自治。就算是你，我可怜的老兄，也能参与决定选谁做国家总统。”

“我？”王龙说，猛地倒吸一口凉气，“我还得养活我爹、老祖父、媳妇和三个赔钱的——一直生女孩，我们一个儿子都没有。这么多张嘴都要靠我养活，我可没时间。先生，您说我该怎么办呢？”

年轻人听完大笑起来，用力拍了一下桌子，茶馆里所有的人都望了过来，王龙窘得把脸扭到了一边。

“你真是没见识啊，老兄！”年轻人叫道，“只要把一个名字写在一张纸上，再扔进箱子就行了。”

“先生，我不会写字啊。”王龙焦虑地解释着。

“那就找个人帮你写。哎，真是没见识！”年轻人一边说，一边吞下最后一口茶，把两个铜板扔在了桌上。

“先生，我是没见过世面，”王龙回答道，“但我到底该写什么呢？”

“写你认为应该当总统的那个人的名字啊！”年轻人说。

他显得如此不耐烦，王龙都不敢继续问，“总统”到底是什么意思了。

这个时候，周围已经有很多人在倾听他们的对话了。年轻人转头又开始对着一整屋子人说话，恢复了之前无比热情的样子：

“所以，我的乡亲们，好日子就要来了！富人们会被打倒，穷人们会富起来。”

王龙竖起了耳朵。怎么可能？穷人富起来？他小心翼翼地问道，生怕年轻人再次发怒：

“先生，这怎么可能呢？”

“所有的民主国家都是这样的，”年轻人说，“在美国，所有的人都住在宫殿里，只有有钱人才必须工作。一旦皇帝倒台，革命开始，这些都会发生。所以我才把头发剪掉了，为了显示我的自由精神。我是个革命者！我和其他革命同志们会挽救这个国家，解放穷苦和受压迫的人民！”

他鞠了一躬，转身往外走。王龙依旧拄着扁担蹲在那儿，年轻人朝他发脾气之后，他就一直保持着这个姿势。此刻他就在门口，做梦一般注视着前方，挡住了年轻人的去路。“别挡道啊你！”年轻人叫道，轻蔑地用一只脚踢了踢王龙的扁担。

王龙赶忙站起身，把扁担和筐都挪到一边，站着目送年轻人走了出去，他蓝色长袍的衣襟一摆一摆的。

他说了那么多话，王龙只听进去了一句：穷人会富起来。这可是他一辈子的梦想，但近些年他意识到，这并不可能。他已经放弃了。他的祖祖辈辈都在同一小块土地上耕耘，包括他自己，但没有人富起来过。但现在一切都似乎真实得触手可及——皇帝没了，一切皆有可能。

他顺着街道望去，看到了那件逐渐从视野中消失的蓝色长袍。他思考着，自己如果有钱，就也能买得起这样又柔软又漂亮的衣服了。他朝下看看自己身上布满补丁、发了黄的裤子，还有赤着的棕色的双脚。他仿佛看到了身着温暖体面的衣服的自己。低头的时候，他的辫子滑了下来，有许多天风吹日晒没好好梳过了，显得很毛糙。“这样的头发，可怎么穿新袍子呢?”他喃喃地说。

那件崭新的长袍仿佛已经穿在了自己身上，跟年轻人同款的小镀金纽扣一个个也都扣好了。因此，即使只卖掉了一点点青菜，他还是仔细地数了数手中的铜板，朝街上的一个剃头摊子走了过去。他叫道：

“把我的头发都剃了，给你十个铜板!”

就这样，王龙成了一个革命者。

但王龙并没有意识到自己做了什么。那天晚上他回到村里的时候，村民们大都在自家院子的门前乘凉，看到他像和尚一样剃光了头，都围拢过来，一齐大笑。没人知道该说什么，除了王柳家唯一的儿子——那孩子每天去城里的学堂读书，懂得比别人多。只见他大叫道：

“他是个革命者！老师跟我说过，只有革命者才会剃头!”

王龙听到这话有些难为情，他并不懂“革命者”是什么意思，有些害怕自己无意间做了不该做的事。于是他动静很大地放下了扁担，努力不让自己显得不安或不自然，像每天晚上一样对自己的媳妇喊道：

“哎，孩子他妈！饭在哪儿呢？我花了一整天工夫挣钱给你们吃饭，这么晚到家都累死了，连杯茶也没有吗？”

于是乡亲们觉得王龙跟平时并没有什么不同，就陆续从他家门前散开了，只是暗暗惊叹他的新造型。不过，他从此有了一个新绰号——“革命者老王”。后来人们慢慢叫习惯了，甚至忘记了它字面的意思，只记得这样叫的就是王龙。

而王龙则惦记了很久那件自己富起来以后会拥有的长衫。一开始，他每天都期盼着奇迹发生，头发渐渐长了出来，他用两个手指沾上豆子油把它们抹平。但一轮春夏秋冬过去了，新的一年都来了，他的生活一如既往——他依然每天从清晨忙活到天黑，媳妇依然没有怀上儿子。最后他真的生气了，夜里躺在床上睡都睡不着。

他并不是被某一件事击倒了，而是被众多烦恼困住，这让他心中的不平愈演愈烈，不甘心就这样度过注定了无生趣的余年。这个想法让他无比烦闷，每天都要骂媳妇好几次：“真可恶！播下的种子没一粒有用的！”

每次他听到别家的女人又生了儿子时，都觉得自己白播种了，咬着牙，气不打一处来。布料、油和食物涨价时他会生气，地里的产量变少时他会生气，每天在城里见到身穿绫罗绸缎在街上闲逛、在茶馆打盹、在赌场柜台前赌博的人时也会生气，因为自己不得不每天打着赤膊弓着腰挑菜去市场里卖。后来，很小的东西也能激怒他了，一只苍蝇落在他汗津津的脸颊上也会惹得他大叫，像看到了疯狗一样跳起来。于是人们一见他就会说：“这就是那个会冲苍蝇大吼的人呢。”而他所有怒火的秘密源头，都来自那件从未得到的蓝色长袍。

这一天，他像往常一样走在城中，经过熟悉的夫子庙，发现有个年轻人站在一只木箱子上，正大声说着什么。他看上去只是个白面书生，穿着一件黑色的棉布长衫。他晃动着孩童一般纤细的双手，不知疲倦地扫视着聚集在身边的人群。王龙觉得有些累，决定停下来待一会儿，听听他在说什么新鲜玩意儿，就把扁担放了下来坐在地上，用裤带上挂的汗巾擦着脸。

一开始他完全不明白那人在说什么。他以为会听到有关皇帝和民国的话，但年轻人其实是在讲洋人。那人的声音细细的，大声的时候会有些嘶哑。他喊道：

“他们杀害和践踏我们！他们是帝国主义者，是来自各国的强盗！”

王龙听到他这样说，惊呆了。他对洋人一窍不通。而且他必须承认，他其实还是挺喜欢看洋人们的，因为他们的样子很特别，回村以后也是不错的谈资。但他从来没认真想过他们究竟是怎样的人。此刻他甚至不是很感兴趣，于是把自己的小竹烟袋摸了出来——再次启程之前，他总会抽上一小口烟。这时候他听到小伙子用高昂颤抖的声音尖叫道：

“这是我们的财富，是他们抢走了我们的房子、土地、金子、银子……他们活得像国王，而我们活得像奴隶。看看他们的蒸汽机、八音盒，还有五颜六色的衣服！这些资本主义者！革命万岁、万万岁！打倒富人，让穷人们富起来！”

王龙一下子呆住了，手中的烟袋掉了下去——

穷人富起来？又是这句话？他挤到年轻人身边，有些胆怯又有些迫不及待地问道：

“先生，那您说的这些事，到底什么时候才能发生呢？”

年轻人激动地转过身，正眼都没瞧他，回答道：

“就是现在，就是现在！革命者们进城以后，一切就都是你们的了，想拿什么都可以。同志，你也是革命者吗？”

“他们都叫我‘革命者老王’。”他简短地回答。

但年轻人并没有注意听他在说什么，又叫喊了起来：

“打倒资本主义者！打倒洋人！打倒洋宗教！打倒帝国主义者！革命万岁！让富人变穷，穷人富起来！”

听到这些话，他忽然明白了“革命者”的意思。“资本主义”“帝国主义”“宗教”……这些词对他来说都没什么意义。但在他的心里，穷人就该变富，富人就该变穷。啊，那他就是个“革命者”！

正当王龙站在那儿盯着年轻人看时，一个手握刺刀的警察突然出现了，人们还没反应过来，警察就用刀抵住了年轻人的后背：“那就去坐牢吧，年轻的革命者！”那人用一种粗暴洪亮的声音说，“让我们看看你富起来得到底有多快！”年轻人的脸色一下子变得蜡黄，一声不吭地从箱子上退下来往前走去，警察跟在后面，刺刀紧贴着他的后背。人群随即四散而去，王龙又恐惧又困惑，把筐挑了起来，快速走向市集。

他害怕极了，一整天都没跟任何人说话。夜里，他没有像往常那样喝一碗清茶之后入睡，而是给自己的水牛套上了犁，一遍一遍地耕着田地，直到月亮沉进了柳树丛中，他连地里的垄沟都看不清了。

第二天，他很早就起身去了市集，走到离城门很近的地方时，他发现城墙上糊了好几张写着字的纸。他盯着看了很久，琢磨到底是什么意思，但他大字不识一个，根本看不明白。后来他拉了一位经过的老者读给他听——那大大的牛角眼镜和缓慢的步伐足以证明对方是个有学识的人——老者停下脚步，认真地把每个字都读了出来，王龙耐心地听着，即使太阳越升越高，阳光洒满了城门的每一寸砖瓦。最后老人转身对王龙说：

“这些话跟你没什么关系的，可怜的老弟。是城里发现了革命者的告示，说他们已经被砍了头。”

“砍头？”王龙大惊失色。

“对，没错，”老学究意味深长地回答，“上面还说，如果你到三姐妹桥那边去，就能看见他们的头颅在示众。我们的政府可是不会姑息这些南方叛贼的。”说完老者继续往前走去，长衫左右摇摆，显得无比高贵。

王龙站在那儿盯着那些歪歪扭扭的字，心里害怕极了。人们不正是叫他“革命者老王”吗？他心里咒骂着那件把他带上这条路的蓝色长袍。富起来的渴望已经有些模糊了，一种不可遏制的恐惧引着他走向了三姐妹桥。他把筐子先放在了母亲家一个远房亲戚开的热水铺子里，就朝着两三里外的桥头走去，虽然他没有什么空闲时间了，因为正午的热气让他筐里的青菜越来越蔫。

老学究说的果然没错。桥上竖着七根竹竿，上边挂着七个鲜血淋漓的头颅，垂挂在破损的断颈之上，一缕缕黑发在半闭的眼睛上飘。有一颗头上的嘴巴张开了，舌头伸了出来，被白色的牙齿咬着。再仔细看看那颗头，王龙吓得心头一颤，这不就是前一天的那个年轻人吗！这些头颅的主人们太年轻了……

周围站着一圈看热闹的人群，一个缺了牙的老头朝地上吐了一口痰，大声说："看看这些革命者都是什么下场！"

王龙被这个词吓呆了。革命者？万一有认识他的人经过叫他一声——熟人们总是这样叫他的："哎，是革命者老王！你吃了吗？"——是村里再普通不过的打招呼方式了，平时没有任何特别的意义，而今天则可以有任何意义。他赶忙离开了。

从那之后，他特别努力地干活，很少说话，甚至都不埋怨媳妇了，后来连媳妇都害怕了，跑去问村里的算命先生自己的男人是不是生病了。但问题是，王龙一直在脑海中想象，三姐妹桥上挂着的七个头颅旁边还有第八个；夜里干不了活的时候，他能清晰地看到自己死去以后的脸、半闭的眼睛、发灰的嘴唇……表弟从门前经过，兴冲冲地问："革命者老王今天从城里听到什么新消息啦？”王龙冲到门前骂他，也不听他被吓呆以后怎么说。最不容易的是，他完全无法跟任何人倾诉自己的恐惧，开口就意味着把刀架上在自己的脖子。

从那天起，他开始憎恶一切：他恨吞没了自己一生时光还越来越难耕的地，恨那些无法向其解释心中恐惧的邻居；他看不起同村的村民，他们都乐得过世世代代过下来的穷苦日子，甘于永远穿粗布衣服吃糙米；他也憎恶这个城市，憎恶街道中无所事事、沉闷混沌的人群。

随着恨意越来越多，恐惧倒变少了。他再也没听到过革命的消息，变得愈加愤怒，因为他已经意识到穷人怎么都不可能变富。一想到那些富人他就恨得牙痒痒，他再清楚不过他们是什么样的了。每年他都会按照习俗去拜访一次村里的乡绅，在那里他见到过门上的绸布帘，还有雕花椅上的丝绒垫子，连仆人们都穿着丝绸做的衣服。而他，一辈子都没有用过真正的丝绸，除了有一次在丝绸铺里偷偷摸了一下，才知道它原来这么软。

还有洋人，那个年轻人说，他们是最有钱的。

有时候他会在茶馆里听到人们谈起他们，说他们坐的椅子都是金的，用的桌子都是银的；他们可以肆无忌惮地在大块的丝绒上面走路，就像他在乡间小路边的草地里走那样；他们的床上盖着缀满珠宝的锦缎……有钱人啊！他开始超越一切地更加憎恨洋人，因为他这样的中国人还在受穷受苦，洋人们绝不该像贵族一样活着。一开始，他只是期待着穷人们能富起来，但一想到自己曾经容忍过的所有不公平，他开始同样期待富人们变穷了。

不停地考虑这些，让他变得不那么辛勤工作了。之前的他并不习惯头脑中有困惑，所以他没办法同时耕地和思考，脑海中的念头过多时，他就不得不停下来。因此，他的收成和之前相比变得越来越少，他也变得越来越穷，直到媳妇冲他大喊：

“我不晓得过冬棉袄里的棉花从哪儿来！我们又要买吃的，又要做衣服，钱就快不够了！”媳妇的话让他很恼火，恼火到开始用力磨牙齿，他也不知道为什么。

有一天王龙的头脑无比沉重。他粗暴地把扁担在茶馆门口卸了下来，决定一整天都不要工作了，反正不管怎么干活都富不起来。他在离门口最近的桌边坐了下来，叫了一碗茶。同一桌还坐着另一个人，是个穿黑色棉布长衫的年轻男人，梳着向后拢的短头发。王龙用汗巾擦拭湿漉漉的脸颊时，他看了过来，和气地说："做活太辛苦了啊，我的同志。"

"谁说不是呢，先生，"王龙回答道，叹了口气，把在酷热中赶路时脱下来的满是补丁的灰色褂子又披在了肩上，"但那又有什么办法呢？有一大家子人要养活，他们都要吃饭，我每天累得骨头都要散架了。"

"确实，您太穷了，"年轻人低声说，朝他探身过来，"您应该富起来的。"

王龙摇了摇头，他不能再让自己被一个年轻小伙子嘴里说的"富起来"这个词乱了方寸。他给自己倒了一碗茶，大声啜着，很庆幸茶水是温热的，因为自己的身上迅速凉了下来。

"您干了活却挨饿，可有些人整天玩闹却吃得很饱。"年轻人继续说。

"没错。"王龙猛地回答。

“但您是个好人，比他们谁都更应该过好日子。”

王龙又摇了摇头，微微一笑。

“是的，我说得没错，”年轻人坚持道，“我能从您实诚的脸上看出来。给您续点茶吧。”他站起身，客气地给王龙的碗里斟满茶水，仿佛是在对待一个穿着崭新整齐的人。

王龙也欠身向他致谢，然后自语道：

“这小伙子多明白啊！一下就看出了我有多不容易，”接着他又大声说，“先生，请问贵宅在何处啊？”

但年轻人回答：“哪里哪里，我也是穷人啊。不过我想来告诉您和您的朋友，你们很快都会富起来的。等到革命者进城的时候……”

王龙一下子站了起来：“我可不是革命者啊！”他声明道。

“不是，不是，”年轻人安慰他说，“您只是个好人而已，我能看得出来。”

王龙又坐了下来。但现在他汗湿的皮肤能明显感受到一股寒气，他把褂子又往身上裹了裹。

“您太可怜了，”年轻人说，“我全心全意同情您。”

王龙也非常可怜自己，之前从未有人可怜过他，甚至还有人觉得他挺幸运的，觉得他虽然得每天卖命地干活，还有一家老小要养，却是他父亲唯一的儿子，有一天是要继承家里的六亩地和三间屋的。所以现在，终于有人明白他有多穷多苦多不容易了，泪水溢满了他的眼眶。“您说得没错。”他用哽咽的声音回答。

“这都是不对的，”年轻人继续说着，“您是个聪明人，我看得出来。我再说一次——您应该富起来。但现在您的机会来了，革命者进城的时候，穷人就会变富，富人就会变穷。”

“可该怎么做呢？”王龙问，向前探身过去，期待着答案，他们对话的声音确实很低。

年轻人匆匆瞅了瞅周围。

“洋人们的钱多得花不完，”他低声回应道，“他们把银子都毫不在乎地扔掉了，只留下金子。在他们的家，墙里面都藏满了金子，从我们中国人这儿偷来的金子。不然的话，他们干吗要留在这个国家里，为什么不回自己的老家去？他们把我们的金子都偷走了，所以你和我都没有钱了，而那些本来是我们的！革命者们来的时候，要准备好啊！”年轻人说完就立刻站起身，离开了茶馆。

王龙对挂着的七颗头依然记忆犹新，他不敢多想年轻人说的话。只是，一想到那些被其他人——尤其是洋人们——占有的黄金，他就无比苦闷。他对自己说：“他们肯定有整箱整箱的我喜欢的蓝袍子。”忽然，他又像第一次初见时那样，觉得那件袍子无比美丽了。它温暖明艳，让他欲罢不能。

过了不到一个月，他就听说了革命党人们逼近城市的消息。他没有忘记年轻人说的话，这么多年来有关革命的传言一定马上就要成真了。有一天在市集里，他正在跟一个想买一斤白菜的客人讨价还价，忽然听到有人在他耳边悄声说：“十天以后，准备好！”

王龙飞快地转身，看到了那个可怜过他的小伙子。他原本还想说点什么，但那人迅速消失了，买菜的客人不耐烦地嚷嚷：

“行啦，别要这么高，两个铜板吧！”

王龙强迫自己自然地回答："不可能！我宁可饿死，也不能卖得比四个铜板低！"

而在心中，他自语道："十天？好吧，那我们就走着瞧吧。"

所以，他等待着，半信半疑，也有些害怕。但很明显，即将有什么大事发生。成千上万的士兵像沉默昏暗的潮水般一波一波涌进了城中。

他惊呆地注视着无休无止的队伍经过茶馆。"这些都是革命者吗？"他问店里的伙计。

但伙计狠狠地瞪了他一眼，让他不要再说话。

"嘘！别出声，这个蠢货，你是想让我们都被砍头吗？看不出来吗？这些人五大三粗的，只吃馒头不吃米饭，他们是北方人！反革命主义者！你这样的蠢货就该被挂到桥头上去！"接着，他朝王龙弯下身来拿走了他的茶碗，低声说："七天以后，准备好！"说完就走开了。

又是这句话！王龙呆住了。到底要准备好做什么呢？这时候他已经完全懵了，也不敢跟任何人打听，一整天卖菜都心不在焉，刻意避开了几条主干道，不想直接面对那一大波灰蒙蒙的人潮。

到了第二天晚上，天空中传来一阵可怕的声响，雷鸣滚滚，最后大地都被撼动了。他和父亲、祖父正围着桌子吃晚饭，媳妇和女儿们站在一边服侍着。他放下了筷子仔细听，发现里面其实有两种声音，一种是间歇性的轰鸣，另一种是持续的突突声，他感到非常不安，因为之前从来没听到过这样的噪声。他站起身想走出门去看看到底怎么了，忽然又有些害怕，于是转过身命令媳妇："去看看怎么回事。"

媳妇一边贴着墙根慢慢往前走，一边往外看。忽然间，什么东西在她脚边的地上炸开了，她吓得跳了起来。一大片泥土四散开来，喷进了屋子，把餐桌和饭菜都溅脏了。所有人都吓得不轻。王龙冲向木门，用力关上，又插上了门闩。之后全家人就坐在黑暗中，连豆油灯都不敢点，不断有泥土砸在屋顶上，夜幕中一直传来什么东西破碎的声音。

王龙沮丧地自语："这就是革命？我们都会送命的，我会为那一条蓝色长袍送命的！"

不过，第二天清晨，噪声远去了。王龙往门外一看就发了怒——他种的蔬菜全都毁了，菜地里全是坑，菜叶都被埋进了土里。他跑出家门诅咒着上天，现在他已经无所畏惧了，因为最大的灾祸已然降临。他捡起了剩下的几棵白菜，都没填满一个筐，慢慢走回屋。

“末日来了吗？”他悲戚地对媳妇说，“萝卜还要一个月才能熟，我们吃什么呢？”

他媳妇在一张木板凳上坐下来，身子前后晃动，擦着眼睛：“我是没活头了，”她抽泣着说，“这样的日子没法过了！不管怎样，先把白菜卖了吧，总能卖点钱。钱花完了，就得饿着等萝卜长熟。”

于是王龙很不情愿地向城里走去，但走了不到半里地就被吓得动不了了——路上竟然躺着一具尸体！他不可置信地盯着看，死去的男人身上的鲜血染红了泥土，边缘已经凝固了。他抬起目光，震惊地发现周围还有十几具形态各异的尸体，远处还有更多。难道全城的人都在前一天晚上被天神的怒火杀死了吗？他上气不接下气地往前跑，发现街上聚了一伙人，都在喧闹地唱着嚷着。

“怎么了？怎么了？”他朝身边最近的男人叫

道。但那些人就像疯了一样相互推搡着，王龙发现并没有人搭理他，自己却被推进了人群中央。“怎么了？怎么了？”他继续大声叫着，还是没人告诉他，他没法往前挤，也不能向后退，完全控制不了自己的身体。他开始害怕了：“今天早上我为啥没让孩子他妈来赶集呢？”他对自己嘟囔着。

忽然间，他明白了在发生什么——是革命！他的心开始飞速跳动起来，他加入人群，挣扎着确保自己不被别人踩踏。人群最中间是几个士兵，但跟路边躺着死去的那些不一样。他们个子又瘦又小，却不住地齐声叫着：“打倒富人！打倒富人！”

他渐渐头晕目眩，并不知道这些人在做什么，到底发生了什么事，但他随着人群挤到了一面砖墙上的一扇大门前，这是城中一个他从未到过的地方。走进这样的一扇大门，平日里他连想都不敢想，但今天跟这群疯狂勇猛的人在一起，他觉得自己有权利做任何事。

两个士兵挤过人群走上前去，用手里的枪托撞着大门。他盯着他们看，发现那两张面孔红得像喝醉了一样，眼睛很可怕，闪着冰一样的寒光。他们一下又一下地撞击着那扇门，直到某一块木板终于支持不住了。随后他们转身冲着人群说：“现在，都是你们的了！”两个人大叫着，“穷人变富！富人变穷！革命万岁！”

但人群迟疑了一瞬间，有些举棋不定。接着，最胆大的几个男人和女人兴奋地爬进了掉落木板后形成的洞，从里面把门闩打开，最后所有的人都渐渐拥了进去。王龙站在最前边，当他也爬进了洞口之后，先在里面直起身，好奇地四处观望了一会儿，眼前是一片漂亮的园子，里面有树，还有五颜六色的花，看上去又整洁又安静，但看不到人。

人群拥向砖墙尽头的一座二层小楼，貌似没人知道到底该做什么，但两个士兵冲上了台阶，大声砸着房门。很快有人把门打开了，王龙瞥见了里面的身影——个子很高，身上的衣服很奇怪，脸是苍白而平静的。

人群忽然聚集了起来，向小楼冲去，发出了一阵高昂悠长的咕哝声，好似动物捕猎之前发出的那种叫声。听到这个声音的王龙内心忽然充满了一种渴望，一种比对食物的欲望还强烈的渴望。他忽然变得比野狗还要凶残，像其他人那样号叫着冲向前方，拥挤着穿过窄小的房门。进到屋内的他们停了一下，又继续向楼上冲去。

从那里开始，庞大的人群碎成了小片，变成了一只只分散的猛兽，在各自争抢战利品。王龙与周围其他人撕打着，虽然并不清楚自己到底在抢什么。很多东西从他的双手中经过——衣服、餐具、纸张、木头。有一次他甚至抢到了一块银子，还抓了一会儿，但很快又被别人夺走了，他很快又忘了它，去抓其他的东西。他都没空停下来仔细看看自己的手，却总是盯着别人手里的东西，觉得他们拿着的东西比自己的好。

他的双眼因沸腾的血液而模糊，跟身边其他人一样，他一刻不停地叫喊着，却不知道自己有没有发出声音。他被庞大的贪欲支配着，头脑里已容不下任何其他念头。每当有一个新的衣橱或是抽屉被打开，就会有一大群苦苦挣扎的人扑上去厮打、拉扯、毁坏……他的手里已经抱满了物件，却又都丢掉了，再去争抢刚刚被翻出来的东西。

后来，忽然之间，就像夏天的一场飓风忽然过去了一样，人群开始向外拥。因为他是最早进来的几个人之一，现在就成了最后离开的。最终他意识到周围只剩下自己一个人了，就像一个刚睡醒的人那样环顾四周，发现整间屋子都空了，只剩下两把破损的椅子，一张小桌子，还有一个所有的门都大敞着的柜子，里面的抽屉都被拉了出来。

这时他终于恢复了理智——他在这里做什么呢？这是一个洋人的家。他看了看那两把椅子，都是普通的便宜木材，桌子也是，根本不是那些人所说什么金银。几面白墙上都没有任何装饰，地板也是粗糙的木头。

一开始，他只是好奇地看着自己手里的东西，有一件白色的棉布婴儿服，一只很大的皮鞋，两本硬皮书，里面都是怪异的文字，还有一个又小又破的钱包，里面有一块大洋和几个铜板。这些东西跟那件蓝色长袍相比，简直是天差地别。

他叹了口气，刹那间感觉很疲倦，就蹲下身子把所有的东西都包进了那件小衣服里，转身向楼下走去。他上楼的时候太快太容易了，下楼时才发现这段楼梯挺不好走的，形状也有点奇怪——那天以前他从来没有爬过楼梯。他把包袱背在背上，抓住一边的扶手，僵硬地朝下走。他已经很累了。

楼下还有几个女人，在捡着其他人匆忙中遗落的小东西，王龙也停了下来，想看看能不能再找到什么值钱的物件。但地上只有很多凌乱的书、一两张木椅子、一张小木桌，一张被撕破还踩踏过的画，根本没有什么值钱的东西。他瞥见了一小片灰色的衣物，站住了，刚站定就发现里间屋子还有几个人聚在一起。

那几个人他从来没见过——是一个男人、一个女人、两个孩子，都紧紧贴在一起。他们下半身的衣服又脏又破，上半身则什么都没了。女人抓着一块布裹住肩膀，男人的额头上有一道伤口，一股鲜血顺着他苍白的脸颊流下来。王龙从来没见过这么红的血。

他注视着他们，他们也定定地盯着他看，沉默着，连小孩也没发出任何声音。最后，他终于无法承受这种目光了。他向别处看去，又看回来，那男人用奇异的声音说了一句什么，女人苦涩地撇了撇嘴，几个人都继续盯着他，决绝的眼睛闪闪发亮。

“这些人竟然不怕啊！”王龙大声地脱口而出。听到自己的声音，他忽然很愧疚，于是飞快地跑出了院门。

街上空无一人，但远处仍然能听见人群发出的喧嚣声。犹豫了片刻，他转过身，坚定地往自己家的方向走去。死去的士兵们仍然躺在地上，烈日高悬，苍蝇开始聚集。乡下人向城里赶来，很多人都问王龙城里到底出了什么事，他只是摇着头。他已经厌倦了一切，对这世上的任何事都提不起兴致了。

到家以后，他把包袱放在桌上，对媳妇说：

“这就是我从革命里头分到的。”

接着他走进了卧室，让自己倒在床上。他一整天的记忆都模糊了，只清晰地记得那几个洋人奇特而清澈的目光。“他们真的不害怕，”他喃喃自语道，随后转了个身，又说，“我都不相信，他们是有钱的富人。”

他听到媳妇在另一间屋里大声说：“这些书啥用都没有，只能糊鞋底。但这块大洋至少能让我们撑到萝卜长熟。”

天使

凌晨时分，守夜的中国老头站在修道院门前，身边围着一群人。他口口声声说，自己在星空中见到了天使。他还严肃地说，那之后好长时间他都无法睡着——当然，他的工作就是彻夜不眠，在学校的砖墙下和巴莉小姐的房子之间来回走动，敲击手中的竹板，吓退企图行窃的贼。老头还年轻的时候十分忠于职守，但上了年纪就总爱在夜里打上一两次盹儿，醒来以后再猛敲几下。再后来，老头睡得越来越多，从去年夏天开始，每天他都会蜷缩在巴莉小姐花园中一个长满绿色植物的隐蔽角落里睡得很沉，只在凌晨时分才起身积极履行一会儿敲打竹板的职责。

至于巴莉小姐，她常常怀疑，是不是哪条狗溜进了她的园子里，把她的植物都压坏了。她总是很生气。老头害怕被她发现，有时候会躲在一棵树下或是其他什么地方睡，但他最喜欢的还是那个柔软的绿植角，会忍不住在腰酸背痛时趁着夜深爬过去，即使第二天早上总会听到巴莉小姐用她那尖厉的声音不悦地大喊："哎！谁又把那条狗放进来啦?!"他只能摇摇头，掩饰着心中的惭愧，装作什么都不知道的样子，生怕丢了饭碗。

巴莉小姐是一个有些变化无常的人。她有时候确实很善良，比如，那次霍乱席卷修道院时，学校里病死了十六个女孩，老头也快死了，是巴莉小姐亲自来给他往血管里注射了外国的药剂，救了他的命。但她有的时候又会因为一点小事，变得一点都不善良了，比如一朵花因为缺水枯萎了，或者院子里的小径上沾了土。这些时候，他甚至见过她的嘴唇气得发抖，眼眶里还有眼泪，让他很是吃惊，她看上去就像失去了什么特别重要的东西似的。

这一天早晨，他还在园子里酣睡着，猛地被四处的叫喊声惊醒了，大家都说巴莉小姐忽然消失了。他晕乎乎地站起身，蓬乱的头发里满是叶子，人们问他，有没有见过巴莉小姐。他说没有，但认真地补充道，他看见了一个天使。他一次又一次地重复，自己在刚刚过去的没有月亮的夜里，天破晓之前，看到了天使。他在清晨的阳光中跟身边站着的一圈人诉说——有学校里的男老师、女老师和女学生们，其中还有两个洋人：琼斯夫妇。因为是秋天，雨季已经过去了，星光很亮，他看得很清楚。天使无声无息地从草地上方向他靠近，雪白的长发飘舞着，身穿一件又长又宽的袍子，肩膀上有一对模糊的翅膀，几乎要被头发遮住了，末端毛茸茸的羽毛就跟巴莉小姐有时候披着的白色毛披肩差不多……

你怎么知道，那就是个天使呢？——传教士琼斯先生这样问。年老的守夜人愤怒地瞪着他。这么多年来，难道他不是个正规的教徒吗？十五年前一个很冷的日子，他就走进了教堂圣坛下的水池，原本水是被加热了的，但神父布道的时间实在太长，水又晾凉了。后来，那天受洗的三个人里两个都感冒了，连巴莉小姐都说，他们根本不懂得施洗礼。因而，此刻的守夜人会理直气壮地说："我可是个虔诚的基督徒，见到天使当然能认出来！"他还反问琼斯先生，难道自己没见过美国人寄来的卡片上的天使吗？学校每年都摆圣诞树，不都有一个天使站在尖顶上吗？他当然知道天使是什么样子。

“那，”琼斯先生出其不意地问，“天使干什么了？”

老守夜人若有所思地抓了抓乱蓬蓬的头发，尝试回忆。他刚从沉睡中被惊醒。忽然，他一拍大腿，想了起来——

“天使大声叫来着。”他说。

“它叫什么了？”琼斯先生问。

老守夜人又试着回忆。琼斯先生的问题这么直接，他有些紧张，很怕说错了什么，那他就惨了，毕竟琼斯先生是每个月付他六块工钱的人。他考虑了一会儿，觉得一个天使不能仅仅大声叫，还得叫得有点内容，说几个词儿。他开始在记忆中搜寻之前参加过的圣诞弥撒。

“天使说：‘哈利路亚，福降人间。’”他鼓起勇气回答，黝黑而充满皱纹的脸庞有些僵硬。

琼斯先生和琼斯太太对视了一下。

“太奇怪了！”琼斯太太长出一口气。天还很早，她连头发都没梳，此刻站在阳光下，她顶着一头乱发有些不安——她是个年过五十的胖女人，稀疏花白的头发令她很伤脑筋，因为琼斯先生总因为这件事取笑她。此刻她忍住不去看丈夫，假装并没有意识到自己在当下突发事件中的仪容——她一接到消息就赶过来了，根本没来得及拾掇一下自己。巴莉小姐的女佣端着她每天习惯喝的早茶一进屋发现没人，床铺还乱得可怕，第一个就跑来告诉了琼斯太太。这件事本身就已经很奇怪了，因为巴莉小姐绝对是全世界最整洁的人，每天早上起来都会把被子叠得整整齐齐，好像从来没人睡过一样。但伺候她的女佣仍要很小心，因为巴莉小姐的要求特别严苛。但这天早上的情形太反常了，所以女佣直接跑去叫醒了琼斯太太，两个小时过去了，巴莉小姐还没被找到，琼斯太太也没来得及梳头发。

这时候，琼斯太太转头对自己丈夫说："亲爱的，其实我觉得，"她说——她一直习惯这样称呼对方，"我们还是先回家吧。收拾一下东西，再好好想想我们听到的和守夜人说的。我也去拾掇一下自己。"意识到琼斯先生的目光此刻正嫌弃地盯着自己的头发看，她觉得装也没有用，才补上了最后那一句。

但琼斯先生一开始不愿意听她的。他几乎很少听妻子的话，宁可假装没听见，除非自己看上去也该做出相同选择的时候。

“那么，天使做了什么?”他继续严肃地向守夜人发问。琼斯先生是个身材矮小、一丝不苟的男人，实际上比他妻子稍微年轻一点，但因为过于中规中矩的外形和做派，反而显得更老。此刻，他死气沉沉的灰眼珠正盯着眼前的老头，完全不相信他口中有关天使叫喊的一派胡言，连天使的出现都压根儿不信。说到底，作为一个正统基督教徒，他相信天使，但……

此刻，老头的面孔放松了不少，他很清楚天使做了什么。当时他从躺着的草地上坐起身来，紧盯着那个白色的影子看，直到它快速穿过草坪到门口去了。他思考了片刻，想在回答中加入自己戏剧化的演绎，说它张开白色的翅膀，越过大门飞向了东边的天空，但他有点害怕琼斯先生充满质疑的鱼眼一般的灰眼珠，决定还是说实话好了。

“天使就跟不需要走路似的，就那么飘过了草坪，打开了大门，但一点声音都没出，然后就不见了。”他说。随后，他忽然感觉自己饿了，太阳也已经升得老高，又坚定地补充道："我就看见、就知道这么多了。"

琼斯先生看上去相信了这最后一句话，这时候他觉得该听取妻子的建议了。于是，两个人一起走出巴莉小姐精致的小花园——花园里盛开着早秋的菊花，还有些快开败的玫瑰——走进了他们自己家相对荒芜的院子。琼斯太太觉得养花太麻烦，特别是在中国南方，有这么长的雨季和旱季。琼斯先生则对花朵没有一点兴致，根本不会注意到它们存在与否。巴莉小姐有时候会带来一把玫瑰或是百合送给他们。比如，被邀请一起吃晚饭的时候，她会手捧一束花过来，然后有些担心地看着琼斯太太把它们紧紧塞进一个玻璃瓶。

"哎，让我来吧！"她总是这样叫道，在琼斯太太惊诧的目光下认真整理着花朵，最后她会说："好了！它们可不喜欢被挤着。"

"这我可就不懂了，"琼斯太太某一天无助地说，"真的，巴莉小姐，这么说人们会觉得它们是活物呢！"

"它们就是啊！"巴莉小姐尖声回答道——这可

怜的人，年纪越大，脾气也越大了。接着，她又无所畏惧直截了当地补上了一句：“而且，我就是喜欢把事情做好。”

——又是这句话！它对琼斯太太来说，简直是一个长久而隐晦的伤痛，她这些年一直忍让着自己的丈夫和巴莉小姐。而巴莉小姐年纪越大，越经常这样说话，她总是想要把事情做“好”。她会把学校里某个姑娘的辫子解开，重新整齐地编好，再在发尾用头绳结实地打上一个结。

“把你的头发梳好。”她告诫着女学生。还有的时候，她会厉声叫来一个用人，指着角落里的少量灰尘，说：“如果你要扫地，就得把地扫好。”

琼斯太太回想着——几乎每一天，她都能听到巴莉小姐说出这样的字眼儿，几乎都成习惯了，成了随时挂在她嘴边显示其坚定意愿的口头禅。前一年夏天，巴莉小姐监督石匠和木工们修整学校，这个词更是出现得无比频繁。琼斯太太记得，在某一个炎热的八月上午见过她，那天无比湿热，每个人都懒洋洋的，但巴莉小姐仍然一丝不苟地穿着每天都穿的白色亚麻裙子，即使瘦削的脸上热得泛着潮红，厚厚的白头发仍然平滑整齐地盘在头顶。琼斯太太看到她正急匆匆地从学校的砖路上往前走，一边走一边行为怪异地大声自言自语，直到看到了琼斯太太。但巴莉小姐仿佛并没有真正地看到她，虽然面对着她，眼神却无比空洞，嘴里还激动地大叫："不行！不能这么敷衍了事！得给我做好，做好，做好！"

接着，仿佛忽然意识到了琼斯太太就在身边，巴莉小姐控制住自己，用薄薄的嘴唇挤出来一个微笑："哦，是你啊，琼斯太太！我……不好意思，我失态了，这些工人……算了，我不想再多说……琼斯太太，你要不要一起来看看，他们在我吃早饭的这一会儿工夫里都干了什么？我就知道，我只要离开一小会儿，准会出错的！"

于是，即使琼斯太太一点也不想去，她还是没能拒绝巴莉小姐盛情的邀约和悲切的眼神，只能吃力地跟在她消瘦灵活的身体后面，还悄悄叹了口气，因为两个人得爬上学校宿舍的三楼。她们跨过地上的碎墙板，干活的工匠们都停下来盯着看，悄声议论着两个上了年纪的洋女人，还在她们经过之后哄笑起来。巴莉小姐听到那粗鲁的笑声后，把自己白皮肤的头颅昂得更高、把薄嘴唇抿得更紧了，做出无视那群人的样子，但她的眼珠闪亮着。

最后，她们终于到了。“拜托你，看看吧！”巴莉小姐用手指向一面墙说。她的手非常瘦，几乎没什么肉，现在经常发抖，但骨骼的形状很漂亮。琼斯太太顺着她指的方向望去，一开始她只能看出，这是一面刚砌好还没糊上泥的墙。

“你看看这些墙板吧，琼斯太太，”巴莉小姐说——此刻，老太太的眼眶里竟然泛着泪光！——“每一年，灰泥都会从这些墙板上掉下来，因为它们被排得太紧了，泥根本糊不进去。我好话都说尽了，也亲手教了这些工人们怎么做，还答应了给他们出双倍的工钱，为了把这墙砌好，我能做的，全都做了！今年我雇了木工来，让把旧墙都推倒重新做。可你看看！他们只是把板子拆掉，又原样重新装了起来！这些人，没有一个能做好任何一件事的！真的，谁也救不了他们了！”

琼斯太太听完大惊失色，她柔声劝慰道：“我亲爱的巴莉小姐，这么说可是有些亵渎神灵啊……”

“你说得对。”巴莉小姐回答，消瘦的脸庞又回到平时那压抑而沉闷的样子了。

那一天，琼斯太太现在记得了，巴莉小姐第一次提到了园地里的一条狗，后来又提过很多次，还越来越气愤。她们一起走回了巴莉小姐的房子，一路上巴莉小姐一直用目光扫射着花园。她发现了花丛中一两朵快谢了的玫瑰，飞快地去把它们拧了下来，扔进了下面松软的土壤中。

接着，她的脸庞又被怒火点燃了，她注视着绿植角，又迅速走了过去。“我就知道，那条狗又来过了！”她说，“看看这些刚被弄断的叶子！”她脸上的怒气消失了，取而代之的一种深深的悲伤。她跪在草地上，用姿态优美的苍老手指捧起那几片落叶：“这些可怜的小东西，”她低声说道，屏着呼吸，忘记了琼斯太太的存在，“它们刚有了再长出来的勇气，这么可爱，这么脆弱，那可恶的家伙就来了……”她刷地站起身来，说，“我得教训教训那个守夜的老头！他夜里老是睡着，根本不记得盯着那条狗！我知道他肯定在偷偷睡觉！这些人都一样，又懒又笨！得盯着他们每一个人，不然什么事儿也别想做好！”

这天早晨，在她自己也不甚整洁的客厅里，琼斯太太坐进一张旧藤条椅里喘了一会儿气，回忆着巴莉小姐的这些事。她得上楼去整理头发，但是，先歇一分钟……当然，巴莉小姐从来不知道，睡在她绿植角里的，是那个守夜的老头本人。可怜的老太太，如果她知道，说不定会气死的！

过了一会儿，吃早饭的时候，看着敷衍了事的中国男仆正绕着餐桌晃来晃去，脚指头都从鞋前面的破洞里伸了出来，琼斯太太又想起了巴莉小姐。就在三天以前，她和琼斯先生去她那里吃过晚餐，巴莉小姐总是把一切都弄得井井有条——擦得发亮的深色餐桌上铺着蕾丝桌布，中间还摆着一大束粉色的玫瑰花。用人穿着整齐的白袍，训练有素，巴莉小姐在他身上花过不少工夫。即使知道他会做什么，琼斯太太当时的目光还是一直追随着那个男仆的动作：盛奶油汤、鸡肉布丁、生菜、挖香草冰激凌……

“她总是想把一切做得过于完美。”琼斯太太忽然说，十分享受自己的直白。

“谁？”琼斯先生说。

“巴莉小姐。”琼斯太太回答。

“我不知道下一步该怎么做。”琼斯先生有些焦虑地说。他吃得很快，之前一直没有出声，是在思考着。“很明显，是她自己从床上起来，在花园里转了一圈，然后出门去了。但她是个特别理智的人啊！奈丽，你知不知道，她最近有没有什么烦心的事情？”

“没有啊，没什么特别的，”琼斯太太一边想，一边回答，“那天吃晚饭，你也见到了她的。那之后我就再也没见过她了。

“我已经派人去街上问了，有没有见过一个洋女人，”琼斯先生说，“我也捎了话给市长办公室。真是挺难为情的，我敢肯定，我从来没听说过修道院里发生这种事。你吃完了吗？吃完了我们去她的房间看看，或许能找到一封家书或者别的什么，说不定就能解释得通这一切了。你确定，最近，或是任何时候，她没跟你吐露过什么私事？”

琼斯太太诧异地看着丈夫：“为什么这么问？

没有啊，埃尔莫，”她讪讪地说，“你知道的，她这种人，从来不跟任何人说私事。我们一块儿做了这么多年的邻居，我连她有什么家人都不知道，跟她聊天挺不容易的。就算真的聊起来，她也总是在说自己打算做的事，她从来不休息。她好像是在佛蒙特州有一个姐姐，但我不确定。你知道她的，把整个人生都奉献给修道院了，唯一的娱乐就是那个花园。就算是放暑假的时候，她也从来不回家去探亲，之前我问过她一次，她说如果她走了，花园一定会毁掉的，因为工人们都太懒了，他们肯定整个夏天都一直偷懒，她可不想再一次把自己投入到花园中的所有时间和精力都在一个暑假里付诸东流——七年前她曾经走过一次，之后就再也没有离开过修道院。她总是把那些花草像活物一样宠着。”

琼斯先生没有再说话，等到琼斯太太不紧不慢地吃完最后一片面包，他明显已经有些不耐烦了。琼斯太太的大脸上是一种悲哀的平静。琼斯先生猛地站了起来，说：“现在，我们去上班吧。要是还找不到她，我得去通知港口的美国领事馆。”

他们走进巴莉小姐陈设简单的卧室时，并没有发现什么特别的东西。只见那张凌乱的床上，亚麻床单怪异地褶皱着。“她总是用亚麻床单，”琼斯太太难过地说，“还总是说，必须得把它们洗好晒好。她总是这样说话。”

琼斯先生小心翼翼地打开了衣柜门，这样做似乎有些不得体，因为巴莉小姐的衣物就那样整齐而赫然地挂在里面，就跟看到了她本人一样。而她，似乎是一个最不可能在卧室中有男人出现的人……不过，琼斯先生之前也这样想过，很久以前，她一定也是个美人——秀气的面庞、柔和的曲线、精致的鼻梁、饱满的额头、睿智的深色眼睛、雪白的皮肤、头发又顺滑又浓密，即使在他的记忆中一直是白色的……她一定曾经是个美人，但几乎没有人了解她。她一个人在这间四四方方的修道院里住了许多年，对所有人都铁面无私，对自己更是如此。她一直是那个衣着考究的新英格兰老处女，即使身处这座杂乱肮脏的东方城镇，过着无比嘈杂烦躁的人生，也维持着与生俱来的傲气。是的，看着这些衣服，琼斯先生仿佛看到了巴莉小姐本人，总是无与伦比地干净整洁，随时严阵以待。

接着，忽然间，他们都明白了。琼斯先生认真看那几件可怜地挂在衣橱里的裙子时——一件银灰色毛料的、一件白色亚麻的、最贵重的应该是一件淡紫色丝绸的，每一件的衣领和衣袖都十分整洁——他妻子忽然大声叫道："埃尔莫，我觉得这是她写给她姐姐的信！是在书桌上写字用的软垫下面找到的……"

她把四张字迹娟秀的信纸递给丈夫，琼斯先生接了过来，快速扫了一眼，又抬头看了看妻子，说道："我想，在这种情况下，我们看这封信不算过分吧？"他无法想象，随便拆开巴莉小姐的私人信件看的后果。

"对啊，不然我们怎么能知道到底发生了什么事？"琼斯太太说，也有些犹豫。

最终两人还是在灰色的藤条椅上坐了下来，开始在沉默中读信。琼斯先生抓着信纸，琼斯太太从他背后看。

"亲爱的姐姐伊丽莎白，"信是这样开始的，"希望你的风湿症已经完全康复了。佛蒙特的天气对你的这个毛病有帮助，我相信你能照顾好自己。

上一封信里，我已经附上了每年给你的钱，不用担心我这边不够用，我自己需要的钱很少，你现在是我唯一的至亲。我之前总是捐一点出去做慈善，但后来发现，大张旗鼓地给钱只能害了他们，会让这些人变得更懒，更理直气壮地索取，所以现在我不再给了，虽然我真的希望能帮到他们。”

从这里开始，精致的字迹变了，巴莉小姐应该是停顿了一会儿，又带着怒气拿起了笔：“我亲爱的伊丽莎白，为我祈祷吧，让我的心中有爱，继续爱这些我为之奉献了一辈子的人。因为我很难过地发现，随着自己的年纪越大，我越来越不喜欢这些人。我不得不承认，这些人天生的惰性是无法被改变的。或许，正如我的邻居琼斯太太所说，他们的灵魂可以被挽救，即使身体没有被清洗，头脑和双手都是混沌的。但对我来说，人必须用正确的方式为上帝服务，而做好这事，就必须得整洁而有秩序啊……”

这里又出现了一处停顿，墨水的颜色像是被重新换过，日期也不一样了。

“这一段是她昨天晚上写的……”琼斯太太低

声说。

“我上次没能写完这封信，亲爱的姐姐。学校的整修进程缓慢，似乎永远完成不了，因为干活的人都在混日子。我知道自己不够耐心，不够宽容。我已经受够了让他们重新刷漆，因为上面留下了脏手印；也受够了让他们重新铺砖，因为之前铺得太潦草了。还有一千件类似的事情，每一件看上去都挺小的，但加在一起足以让一个敏感而苦口婆心的人无法忍受。这个夜晚的我无比痛苦和孤独，我太想念新英格兰的老家了。我们从儿时起就在那里，没有任何一面墙比我们家的更白。为什么我们家的墙，能一直是雪白的呢？我也记得那个美丽的花园。而在我这个可怜的小花园里，我的人生就是一场跟杂草和脏脚印的战斗，甚至连墙上都总被吐口水，这儿的老百姓都有这个烦人的习惯。没错，我曾经无比高尚地计划过人生，但现在回头看，却发现自己一事无成，一直在别人的肮脏和懒惰中挣扎——我输了。我还不如去试试让流经这座未开化城市的浑浊扬子江停下来……现在我老了，没有多少年可活了，说后悔已经太晚。我会继续尝试，试着至少把几件小小的事情做好。”

这里出现了最后一次停顿，接着是最后几句话：“我必须停笔了。刚才忽然听到外面有点动静，就算现在已经换了睡袍准备上床，我还是打算出去看看，我早就怀疑这儿附近有一条流浪狗，整个夏天总是跑进我的绿植角里睡觉，真是气死我了！它每次来都会毁掉好多我精心培育的嫩芽。哦，伊丽莎白！我觉得我病了！我肯定是出了什么问题！我总是想要像个孩子那样大声尖叫，或许那样才能让这些人把事情做好。我都求过那个守夜的老头上百次了，让他看住那条狗，别进我的花园。我说了那么多次，但他根本不听！伊丽莎白，我必须悄悄跟你坦白，我开始厌恶这些人了。上帝宽恕我吧！但我无能为力，他们要把我杀死了！”

这个时候，琼斯先生和琼斯太太忽然被守夜老头的叫喊声打断了。老头的面孔因刚哭过而扭曲着，他不顾一切地大声说：“哦，先生！哦，太太！巴莉小姐找到了！您派去打听的人回来了，他们说，几个夜里摆摊的小贩看到一个洋女人披散着白色的长头发顺着街道往河边跑去了，一边跑一边嚷嚷着听不懂的外国话。我们就都跑去了河边，有个地方河岸很高，成了悬崖，我们都不敢往下看。只有一个庙门口的看门人跟我们说，天破晓之前不久，他看到了一个幽灵经过，还大声喊着什么，直接就冲向前去，飞下了悬崖，那时他就扭过了脸不敢看了。然后我们去了那个地方，她是想跳进河里的，但没成功，掉在了岩石上面！她就躺在那儿，全身发白！她是个多好的人啊！我们都知道她是个好人，就是脾气不大好相处。我看到的就是她，先生——她就是出现在我面前的天使，我说我见到了天使，我确实见过天使了……”他转过身，一边哭一边嘟囔着跑远了。

琼斯先生和琼斯太太在沉默中对视着，接着琼斯先生咳嗽了一声，说：“我得去通知一下领事馆。这封信还是由我先保管吧，之后再寄给她的家人。”他郑重其事地说完，从身上取出了一个小小的笔记本，把那封信夹了进去。随后，他和琼斯太太轻轻走出了那个空荡荡的房间。整洁而光滑的深色木地板上，此刻有一串串不经意间留下的脚印，其中最肮脏的，是守夜老头的赤脚踩出的……

阴雨天

那是十一月里一个灰暗的阴雨天，灰暗到午后的天光基本透不进糊了纸的窗棂，窗里是中国一户中产人家的小客厅。只有一束昏暗的光照进敞开的门，穿过地板，落在桌子上方白墙上的一对卷轴上。卷轴上黑色的墨迹清晰漂亮，是两句著名的古诗，与忠孝相关。

这片光四周坐着一圈人，主位在桌子的左边，卷轴的正下方，椅子上坐着李泰盛苍老的祖父。他是第一个说话的，按规矩就该如此。他说出的话都是提前仔细构思过的，声调也是控制好的抑扬顿挫，每一句的末尾都会加上一个合适的文言词。他发话之前，先清了清喉咙，往潮湿的砖地上啐了一口，接着用衰老虚弱的双手捋了捋胡子，上面的指甲又长又黄，胡子稀稀疏疏地垂在长衫的前襟上。他的长衫是灰棉布做的，上面有几处吃饭时掉落菜渣留下的痕迹。他另一只手握着一根长长的竹烟袋，已经被岁月熏黑了。他抽烟的时候，烟袋发出越来越响的汩汩声。

他继续慢慢捋了一会儿有些发黄的白胡子，其他人都在等着他开口，只有泰盛的小弟弟敢表现出不耐烦，他不停地用脚踏着砖铺的地面，但几乎没有发出声音。不过，他是老人家最喜欢的孙子，别人不敢做的事他都可以为所欲为。泰盛自己则小心地斜身坐在圆圈下方的一把椅子上，离门不远，保持着得体的姿势。老祖父一个接一个看了一圈自己的家庭成员，明显很享受大家的等待。最后，他终于开始说话了，虽然是在对泰盛说，眼睛却并没有直盯着他，而是凝视着从屋瓦上落进院里破旧石板上的雨滴。

“你返乡后，”老人注视着雨水，用高昂而颤抖的声音说，“已赋闲在家四月有余。你尚未谋得能把你在西方所学致用、得以大展宏图的职位。供你求学多年，现在学成归国，这一大家子人，上有祖辈父母，下有弟妹，还需你赡养。”

“祖上是怎么说的？孝子当割肉疗亲，你未做到。你或许忘记了，我们，你的亲人，省吃俭用，才有钱为你寄到海外接受教育。就连你熟识的远房表兄，他是仅有一家商铺的小贩，也把自己攒下的二十块钱都给了你，让你得以在西方求学，日后谋得高位。他也是需要回报的啊。”

“老祖宗还怎么说了？不养家的儿子，特别是不赡养祖父和父母的儿子，尚不如狗。”

老人停下来清了清喉咙。趁着这个空当，坐在小桌另一侧身穿黑色短棉袄的男人抢着说：

“这还不是最糟的，父亲。这臭小子竟然不愿意娶从小就定了亲的闺女！您也知道，那闺女小时候就死了父母，从那时起就一直跟着我们住在这房子里，就像我们的女儿一样！他口口声声说什么西方传统，我们让他出国又不是去学传统，而是去读书！这样以后才能挣更多钱。现在他不打算给我们生孙子，我们归西以后，谁给我们上香拜牌位？就因为他，这个臭小子，我们大家——他的祖父母和父母，上天以后就都没人惦记了！”

泰盛无比惶恐地倾听着这一切——他是个身形利落的年轻男子，面孔苍白清秀，嘴巴像女孩的一样又小又精致。他穿着西式衣服，是一件在芝加哥买的浅灰色西装。走在街上时，他握着手杖，目不斜视，看上去体面而优雅。但身处这间昏暗的客厅时，与穿长衫的长辈们在一起，他萎缩成了一个微不足道、瘦小羞涩的少年。他侧坐着，双手夹在膝盖中间，柔软的手心缓缓相互摩擦着。

他望向自己的一个个亲戚——祖父倾听父亲的话时不住点头，浑浊的眼睛盯着下落的雨珠；父亲身材粗壮，脾气急躁，一看就吃得不少；他的叔叔长着一张刻薄的瘦脸，双手有点脏，看上去忧心忡忡；弟弟是个被惯坏的男孩，恨不得快点走开，去朝门外撒尿。稍远处的角落里，他母亲坐在一张凳子上，身形有些佝偻，穿着一件蓝布衣服。她在用围裙擦眼睛。四个人的身影之后，他脑海中还能看到更多人——贪婪的表哥们、脾气暴躁做生意的叔叔，都急不可耐地等着瓜分他受过高等教育之后带回家的薪水。他们的手会像鹰爪一般紧紧抓住他挣来的每一分钱。

他们出钱给他读书——他现在才明白——仅仅因为他是家族中最聪明的男孩，脑子最快。他们给他钱，只是当作投资，怕老了以后没人养。一股怒火在他胸中升起，一大堆燃烧着的鲁莽话语即将从他口中喷薄而出。但他忍住了，用牙齿紧紧地咬住它们。他当然知道，此时开口是不明智的，他不能顶撞自己的长辈。这些天来，他们一直压制着他，愿意的话，把他杀掉都行，虽然可能性不大，但这个念头就足够提醒他自己艰难的处境了。

不过，长期的自我控制让他此时看上去依然镇定。他站起身，向祖父深深鞠了一躬，又向父亲和叔父鞠了躬，最后他给母亲也鞠了一躬——他知道只有她心里是袒护自己的，但她不敢说话。

“请各位长辈谅解，”他低声说，“今后我会尽责养家的。”

他又感受到了心中的怒气，稳住自己，生硬地从屋内走了出去，穿过院子。他走出门，雨水从天空直落下来，阴郁而沉闷，窄巷两边高高的砖墙上湿漉漉的，像死亡一样冰冷。路边浅浅的排水沟里漂浮着垃圾和脏污，鹅卵石上流淌着乌黑黏稠的难闻液体。他擦得锃亮的皮鞋不小心踩了进去，留下了一些污渍。

他发出了一声厌恶的咒骂。还记得短短一周之前，他去拜访镇长，请求组织一个街道清洁委员会。镇长顾左右而言他，赞赏了他摩登新市民的精神，却什么都没答应。

泰盛阴郁地注视着眼前一滴滴垂直坠落的雨珠。这可是他的故乡和祖国啊，这样的官员，地方怎么能有发展？一个人对抗所有这一切旧势力，他自己是多么绝望啊！每个人都多么绝望啊……

雨水敲打在他的礼帽上，从边缘坠下。帽子本来是硬的，但很快就在这湿冷的天气中被浸软了，沿着着他的眼角外侧垂下来。他感觉身上的衣服都慢慢湿了，贴在皮肤上。他继续走着。

想想他意气风发地站在美国大学会场中的高台上被颁发学位，不过是六个月之前。他的论文还获了奖，是比较东西方哲学的。他写得那么好，连教授们都这么说，当时他多自豪啊！这样的称赞来之不易，特别是所有的文献都是用外语写成的。但他毕业以后，只有一个念头，就是回家，报效祖国。他回来的时候踌躇满志，迫不及待地想见到自己的家人，确信自己一定是大家族里所有人的骄傲。

之后他们就全部都扑了过来，像乌鸦扑向腐肉一样！第一天晚上父亲就想让他去镇上的学堂教书，还教他该要多少工钱。

“我想先试试能报效国家的工作，”泰盛迟疑地说，“如果学校给的薪水……”

父亲不等他说完，黄黑色的胖脸就耷拉下来：“你就知道考虑自己！”他教训道，“我现在都打算歇歇，不打理生意了。世道越来越难，开商铺也不挣钱。你还得养你弟弟，你叔叔身体也不好，做不了工。还有，出钱供你读书的亲戚们可不少，至少得给他们些粮食吧。而且，你以后的媳妇也住在家里了，你走了这么多年，她爹妈都死了，你娘打理家需要帮手，有儿媳妇就不用再专门请用人了。这些你都得照顾，你是长子，跟我当时一样，我已经累了一辈子了。”

泰盛有些诧异，这些事情原本他都淡忘了，他已经走了那么久，整整八年！他试着回忆那个面目无趣、有些邋遢的女孩，第一次见到她时，他甚至以为是一个女佣。媳妇？一股厌恶的逆反情绪在他心中升腾，一想到她，他就情绪激动。不可能的！他甚至跟父亲冲动地表达过反对，但都没有用。他们一意孤行，要按自己的方式左右他，他的这些亲戚，一起谋划着用墨守成规慢慢瓦解他的反抗。他快要窒息了。最可怕的是，他发现自己在看似波澜不惊、实则完全不可动摇的家族压力之下日渐妥协。他的理想，已经跟踏出归国远洋轮船的那一刻不太一样了。那些理想已经变得飘忽而遥不可及，他不再有信心为之抗争。无论如何，他是孤身一人。身处这么多全然不在乎新思想与新生活的人们中间，他又能做什么呢？

他感觉得到，此刻自己的鞋上已经满是泥泞，裤腿也溅脏了。他出来得太急，连外套也忘了穿，无情的雨水已经把他的全身都打湿了。他能感觉到冰冷的水珠正顺着肩膀流下，天空是一片沉重的铅色。雨继续密密地下着。

他发着抖想，不知道整个镇子上有没有一个暖和的地方。这样的天气，家里他自己的房间跟整个房子一样了无生气。砖地上弥漫着水汽，墙上也渗着水珠，这间他多年未回来过的屋子看上去无比简陋，还不得不跟弟弟同住。现在他还记得弟弟毫不在意地乱翻自己最珍爱的书本、还在雪白的书页上留下了黑指印时，自己有多么生气。就是昨天，泰盛发现自己最珍贵的哲学课本中间被撕掉了一页，是弟弟干的，要去包几个铜板塞进裤腰。这里完全没有隐私可言。

盯着眼前的雨，泰盛思考着，怎样才能暖和一些。如果他足够暖和，或许就有勇气做他想做的事了。他最害怕妥协的，就是真的去娶那个愚昧的女人，断送自己的一生。接着，一个新的焦虑浮现在了他脑海中，他大声问自己：

“那我自己的孩子得是什么样？有这样一个母亲，住在这样一所房子里？我又得让他们重复我这样的人生吗？”

他之前从未这样想过。他想象着他们小小的双手合十，祈求不要被生出来：

“不，不，我不会这样！”他在心中殷切地向他们保证。

一座房子的高大轮廓突然出现在他眼前，那是一座洋房。啊，海明威先生很久以前就住在里面，那是他小时候的启蒙老师！他是个和蔼的美国青年男人，待人真诚。他多想进去看看他啊，或许这样就能暖和起来。他甚至可以跟海明威先生聊聊自己的难处，得到一点意见，甚至是鼓励。

于是他顺着浅浅的石阶拾级而上，走到围绕房子的回廊，按响了门铃。他等待着，把衣领立了起来，手也插进口袋取暖。墙上爬着的藤蔓被雨打得扁平，地面也有些松软，棕黄色的湿叶子簌簌飘落。门缓缓打开了，是海明威先生！他竟然这么大岁数了！他已经成了一个表情悲哀的驼背老人，不大确定地瞅着泰盛。

泰盛伸出自己的手："您不记得我了吗，海明威先生？小时候我是您的学生，我出国待了很多年，现在我来看您了！"

"哦，对，对！"海明威先生还有些犹豫，他教过的学生太多了，一下子并没能记起泰盛，"进来吧。"

泰盛迈进了门厅。啊，真暖和！他跟随海明威先生走进了书房，里面真的像春天一样温暖。一个小小的炉子在角落里噼啪作响地燃烧着，泰盛站在它跟前，衣服冒出了蒸汽。

"哦天哪，你全身都湿了啊！"海明威先生一边说，一边盯着他看。他眼睛近视得厉害。

“只有一点儿。”泰盛谦恭地说。

“没错，没错。”海明威先生心不在焉地说。桌上还有一堆考卷等着他批改，他原本打算专心工作一个下午的。这一天他也很疲倦，有些着凉，这该死的雨！要是他有个助手就好了，但现在哪里都缺钱，不可能请得起人，特别是在国外接受过西方教育的年轻人，他们总是要特别高的薪水。眼前的这个年轻人就是来找这类工作的吧，他应该也能看出这里的处境。

泰盛坐了下来，在保持礼貌的前提下，离那个火苗旺盛、愉快燃烧着的小炉子尽可能近一点。他饶有兴致地盯着那张小小的简陋写字台，有些羡慕。书籍、温暖、私密——海明威先生多幸运啊！在这样的环境中，做一个坚定高尚的好人很容易。

他感觉到那种舒适的温暖慢慢爬进自己的皮肤，开始期待跟海明威先生倾吐心声，或许很快就有机会了。想说的话已经到了嘴边，随时会蹦出来。

海明威先生问了他几个问题。泰盛礼貌地夸赞着海明威先生的祖国——美丽的国家，美丽的人民……

“我希望，”海明威先生有些严肃地说，“现在你能学以致用，报效自己的祖国。中国需要你，有太多不幸的人……”

泰盛聆听着，现在他们快说到点儿上了。他很快就能倾诉自己的困境和憧憬，他确实很想报效祖国，只是……

“不过，我希望你能跟其他从英国、美国、法国归来的年轻人不一样。”海明威先生用稍微高些的声调继续说道。他很害怕珍贵的一下午时间就这么白白流逝了，眼前堆积的试卷让他有些着急。他的头开始疼，要是能雇个助手该多好！一个人工作总是难得多，但经费又不够……

“你们这些人的问题，”他接着说，无法控制地更加焦躁，“就是太看重钱了，只想着挣钱。你们想做简单又没什么责任的工作，还想拿好多薪水，不然就不满意。可是，还有那么多被人民需要的艰苦职位都空着呢，你们不应该勇敢些吗？我必须说……哦对，李、李先生，我对从海外学成归来的中国留学生很失望。”

书房沉寂了。海明威先生摆弄着桌上的裁纸刀，不经意似的瞄了一眼墙上的挂钟。他已经八年没休假了，现在也不能走，因为学校里没有别人能给他代课。他累了，也越来越意兴阑珊。而且，他是一位尽责的教师，多年来一直都凭借着少得可怜的那点资料备课，这一切都让他苦不堪言。

雨点单调地拍打在窗子上，沉寂的书房此时气氛凝重。海明威先生心中所有的失望，都体现在眼前这个衣冠楚楚身着西装的中国年轻人身上了。年轻的泰盛忽然觉得，自己又回到了家里那个昏暗窒息的客厅，被一大群人压迫着。误解让两个人都心灰意冷，屋子里仿佛不再温暖了。

泰盛站起来，鞠了一躬。无论如何，这是一位受人尊敬的师长。他不能忘记自己的教养和礼貌。

“很抱歉我们让您失望了，先生。那么告辞了，先生。”他昂着头说，又走回了街上。他忽然感觉无比虚弱，一声哽咽卡在喉头。他用力盯着前方，为了让眼泪不流出来。他开始继续向前走，全然不顾鞋子上有多少泥了。

好大的一场雨啊！那几分钟带来的温暖顷刻被

消耗殆尽，他筋疲力尽。现在还能去哪儿呢？只能回家，没有什么别的地方能让他待了。那意味着放弃，但那样的人生让人难以承受，他得像这古老的国家在历史和未来中的千千万万个人那样，牺牲自己，把梦想付诸东流，粉碎所有心中的渴望。他得成亲了，被礼教压制——已存在了数十个世纪、古老而不容置疑、尚未被打破和淘汰的礼教。他想到了跟自己定亲的那女孩郁郁寡欢的脸和没梳理的头发，她跟一个低价买来的使唤丫头有什么区别？残酷的记忆把他带回了美国的大学校园，那里面有上百个年轻女孩，都有着灵动美丽的脸。她们都可以自由恋爱，甚至选择跟谁结婚。他也想到了跟自己同班的年轻男同学，他们可以都追求与自己最般配的漂亮女生。但他们都帮不了他，所以想他们无济于事。

他不停地摇着头，从小巷的一侧看到另一侧，雨依然下个不停，昏暗的砖房子在雨中沉默地挤在一起。他多希望自己能逃开啊！但他手上没几个钱。就算能跑到天津，或者上海，找一份工作，过自由的生活，即使那样，他苦涩地想，自己仍然得不到真正的自由。不管他在哪里，他们都能把他找到，逼他回来。就算能自己待着，他就真的自由了吗？他能这样抛弃整个大家族吗？他可是长子啊，不可能这样。不行，他至少得维持起码的体面。

街上现在几乎没有什么人了，有几个趴在路边的乞丐，哭哭啼啼，浑身湿透。一个女人快速从他身边走过去买热水，手里抓着壶。她把打了补丁的围裙披在头上挡雨，两端咬在牙齿间。一个小男孩撑着一把巨大的油纸伞，不慌不忙地从学校往家走去。十一月的天已经很短，天色越来越暗了。雨还在下着，很快天就会黑了。他必须找个地方去，此刻他全身湿透，寒冷已经浸到骨头里。当然，他只能回家，但回家意味着放弃自我。好吧，他已经别无选择。

他转身慢慢往家走去，未来的岁月在他眼前浮现——单调乏味、疲于奔命、做着一份工，但内心无比空虚。他仿佛又看到了那幅令人心悸的场景——自己的孩子，祈求不要被生下来。忽然他灵光一闪，想到了一个至少能解救他们的办法。他停下脚步，盯着眼前的雨幕，一抹微笑浮现在脸上。他怎么这么笨！在这阴雨连绵漫长难挨的一天里，之前怎么没想到呢。他在街角小小的药铺前停了下来，小声要了些什么。有些诧异的小伙计凑近身来：

“三粒黑鸦片？”伙计低声确认，“哦，好的。”

他把药粒鬼鬼祟祟地包进一小片棕色的牛皮纸里，交给了眼前年轻的顾客，又用发黄的手抓走了递过来的钱。

之后，泰盛挺直身子走回了家，昂着头，全然不顾脸上的雨水。很奇怪，怎么一直没想到这个主意呢？他笑了笑。归根结底，他其实并不需要花那么多钱出国学习。任何一个美国教授都没教过他在这样的关键时刻该怎么做，没有人告诉过他该怎么生活。是的，在他们的指导下，他才写出了那篇最出色的论文，此刻它已被丝绸仔细包好，跟几样平时用不到的重要物件包括毕业证书一起，被保存在他行李箱的最底部。不对，此刻的他是在用祖先传下来的古老方式进行报复，对一个荒谬的世界用古老的方式抗争，这就是他的出路，他的自我牺牲。

他又一次走进了家中的庭院，左手边是厨房，门大开着，砖砌的炉子里冒出鲜红的火焰，映照出了一个女孩愚钝木然的脸，她正在往炉子里塞柴草。他一阵发抖，抿了抿嘴唇。是的，他这样选择没错。

他走进了客厅，现在里面是空荡荡的，桌子上有一壶茶和两个碗。他摸了摸茶壶，是冷的。一切都是冰冷的，他有些恼怒地想——这冰冷的苦雨啊！他往其中一个碗里倒了一点冷茶，涮了涮，洒在地板上，又把那几粒药放了进去。接着，他仔细地再倒了一些茶进碗里，三粒药，一碗底茶水。他一饮而尽后，又灌下了一口凉茶。

随后他走进了自己的房间，屋里很暗，但总算只有他一个人了。弟弟还没回来。他坐在床上，甩掉一塌糊涂的鞋，扯下湿透的上衣，剩下的衣服也被毫不费力地脱掉了。他躺了下来，面朝墙壁，发着抖把被子拉到肩头，就闭上眼睛睡去了。

他头上铺着瓦片的屋顶被雨滴持续敲打着，发出轻柔和缓的滴答声。白天缓缓滑入了黑夜。

争吵

男人站在家乡村里的小街上，恼怒地瞪着周围的人群。邻居们围着他和他媳妇站了一圈，有三四十人，男人女人都有，都支棱着耳朵聆听着。夏日炎炎，几个小孩子一丝不挂，在家长们的腿间钻来钻去，想寻机钻到圆圈中心夫妇俩的身边，不想错过这场争吵中的任何一部分。男人看也不愿看一眼他哭天抢地的媳妇，只是丧气地垂着头，目光追随着眼前的几个孩子，其中一个八九岁的男孩是他自己的。他还有两个更小些的孩子，也都跑了过来，想看看发生了什么事。三个孩子都惊恐地注视着自己的父母。

男人忽然忍不住了。他受够了这些天里女人的眼泪和责骂，还有她隐忍的怒火和不说出口的怀疑。男人朝最小的男孩吼了一声，又冲过去打了一巴掌：

"回家去，你个小崽子！"

小男孩一下子大声哭起来，揉着刚被剃过的脑袋站在那儿，可怜的模样让围观的人群都有些不忍心。女人在克制的抽泣中抬起头来，面对一个个围观的邻居，大声说：

“乡亲们，你们都看到了吧？他就这样！他现在就这样！”

人群目不转睛地盯着男人，没有人出声。他们必须认真倾听一切：女人的指控，男人简短的回答，还有沉默。但此刻的空气中明显凝聚着对他的不满，男人自己也感觉到了。他盯着自己粗糙的赤脚，开始用大脚趾一下一下地磨蹭地上的沙土。干燥的沙土让他想起了自己干涸的土地，它还等着浇水呢。他喃喃自语：

“那么多活计等着我做呢，却在这儿白白浪费了一个下午！”

这个想法在男人脑海中徘徊了一阵，他黝黑的圆脸忽然变得通红，额头上的青筋也凸了起来。他飞快地抬起头，向女人投去一束愤怒的目光，冲她大吼：

“你到底要啥，臭婆娘？有话就说，然后赶快放我回地里干活去！不然谁挣钱养活你，和你那些……”

“大伙儿快看看他吧！”女人哭号道，“听听他是怎么跟我说话的！两个月以前，他还是个知道心疼人的男人。姐妹们，你们那时候也听我说过，我得感谢上天给了我这么一个好人。以前他挣的每一块钱都会交到我手里，有时候也会像个孩子那样跟我讨一点零花，剃个头、赌一把或者买点儿烟草什么的。我也不拦着他去找找乐子。但现在都两个月了，他一分钱都没拿回来过，连卖完米之后也没有。那可是我们的最后一点大米啊！他还找了个好买家，但都没告诉我卖了多少钱！”

她越哭越大声，黑黄的瘦脸上全是挂满泪珠的褶子。接着她又摘下了身上的蓝围裙，用它捂住脸，哭得更厉害了。

众人依然沉默，孩子们紧紧盯着自己的父母，两个小的爬到了母亲身边，把小脸埋进她宽大的蓝围裙里，也跟着抽泣起来。在人们的沉默和女人的哭声中，男人瞥了一眼旁边，好像不太情愿般看了看街道上的某一扇门。

是的，那扇门里确实站着一个人。那是个年轻女孩，身上穿着绿色的旗袍，跟现在都市女郎穿的样式差不多。她长着一张俊俏灵动的小脸，慵懒地靠在门框上看热闹，脸上还挂着一抹微笑。此刻她接收到了男人偷偷投来的目光，从乌黑发亮的头发里拔出一把圆梳子，飞快地梳了梳自己的刘海，跟那一对勾画分明的眉毛刚好对齐。

男人的目光又垂向了地面，面孔变得苍白了些。他用稍微柔和的语气说：

“我不知道你为什么一直要钱。家里有米有面，也有豆子油，菜地里也有白菜啊。”

女人把打了补丁的围裙一下子从脸上扯下来，瞪着男人，眼泪被突如其来的怒火烧干了。她把自己僵硬干枯又布满皱纹的手插在瘦瘦的腰上，一下子站起来，冲着男人尖声大喊：

“对！那除了吃的，穿的呢？孩子们脚上有鞋穿吗？乡亲们啊，你们看看我身上，看看褂子上的这些补丁，我什么时候买过新衣服？还是三年前了，他从钱庄里挣了点钱，只有十块银子。他买了两匹粗白布，最便宜最耐磨的那种，我亲手给染成了深蓝色，给他裁了两身衣服，我自己一身，大儿子一身，一直穿到今天，不知道补过多少次，现在是连补也没法补了！我也没鞋穿，孩子们可以打赤脚，我可是裹过脚的啊，怎么能不穿鞋？就是今天早上，我想跟他要一点钱买料子做鞋，你们猜他说什么了？他骂我，不但没给一个子儿，还发脾气说中午也不回来吃饭了，转身去酒馆买了馒头，把我给他好好准备的菜都浪费了！他说他没钱，却能买得起馒头，发得起脾气……”她的怒火又突然转化成了泪水，“我又不是跟他要钱给自己买漂亮衣服！我就知道，他舍得花钱给狐狸精买旗袍，却什么都不给自己的媳妇！”

听到这话，男人的面色猛地一沉，向前跨了一步，扬起胳膊，眼看就要打在女人身上了，围观的几个乡亲上前拦住了他，也有个女人把他媳妇拉走了。其中一个拉架的男人轻声说：

“你得记着，她是你媳妇，也是你孩子的妈啊……”

“我给他生过儿子啊！我给他生过儿子……”女人痛苦地低声抽泣。

就在这时，一个不大的声音响了起来，是一位老妇人，她平和的面孔上布满皱纹。这人之前一直站在人群的边缘，看顾着身边自己的东西，没有凑太近。但现在她忧心地冲着夫妇俩说：

“你们俩都不小啦！李家大儿子，你都四十五岁了，我记得清清楚楚，因为你妈生你的时候我就在旁边。你媳妇也四十四啦，她下花轿迈过你家门槛的时候，我还帮忙来着。你们都成亲二十八年了，生过十二个孩子，七个活了下来。你们的大儿子要是还活着，现在得二十七岁了，那样的话，你俩也该当爷爷奶奶了。你们这个最小的孩子才三岁。想想你们在同一片土地上一块儿经历的这么多事、这么多年，还是好好相处吧。”

妇人的声音颤抖、清晰而苍老。她是小村子里年纪最大的女性，也是最富有的男人的母亲，每个人都很尊敬她，也愿意听她的话。她说完以后，男人的媳妇已经平静了很多，她转过头对着老妇人迫不及待地说：

“老人家，您知道的，我之前一直说我男人的好话，说他善良又正派。但是，两个月以前啥都变了！您看看他现在的样子！”她回头瞪着男人，整个人群也追随着她的目光。男人的头又低垂了下来，连后脖颈也慢慢红了。“您看看他的样子啊，老人家！之前那么好的一个人，现在天天发脾气骂人！没错，他在外面的时候跟别人还有说有笑的，但一到家就沉着个脸一声不吭，除了埋怨我，根本不开口。不是嫌我头发太乱，就是嫌我褂子不干净，要不就是做错了啥。但我就这么一件褂子啊！怎么可能一直那么干净？我得照顾家里和孩子，还得去地里帮忙，哪有时间像有些女人那样，悠闲地坐在那儿往脸上扑白粉，往头发上抹香油？”

男人忽然忍不下去了，他猛地抖了抖肩膀，壮实的身体一下子站直了：

“我问你，到底想怎么样？”他粗声嘟囔道，“闹这么大一场，说些不着边儿的话，你到底想要我怎么样？”

“我想要你怎么样？”女人激动地重复着，“你听好了，我只要这一样东西——我要你变回从前那样，你向来那样，直到两个月前。我就要这么多！你变心了！你的心不在我身上了！我就要这一样东西，就变回跟以前一样！”

人群仿佛都不存在了，只剩下他们两个：女人和她的男人，但女人在自己起伏的情感世界中形单影只。她向他伸出了自己骨节嶙峋的双手，上面坚硬的指甲都乌黑开裂了。“我们回到从前吧！回到从前吧……”她哀求着。

人群里传来了一声叹息。男人快速舔了自己的嘴唇两三下，从他短短的黑发边缘慢慢渗出了两小股汗水，向下巴流去。他又悄悄朝那扇门的方向瞥了一眼，很为难的样子。那个穿绿旗袍苗条白皙的女孩还站在午后的阳光下。那件旗袍绿得像春天苹果树上抽出的嫩芽，鲜嫩苍翠。他的目光不敢抬高到她的脸上，但他很清楚她长什么样子，皮肤是什么颜色，也知道她鲜红的嘴唇总带着笑意，乌黑的眼珠无所畏惧，从不蔑视他，也不回避他。每次他经过时，都会见到这样子的她，因此他经常故意从她门前走过，即使跟她一句话也没说过。他能说什么呢？她是村里最富有人家的孙女，而他不过是一个农夫，连种的地都是租来的。这两个月来他一直在攒钱，想买一件大多数男人都有的蓝布长衫、一双讲究的白袜子和一双城里做的鞋。

一想到自己辛辛苦苦地攒钱，就无比厌烦眼前哭天抢地的妻子。是的，这么多年来他一直没有二心，活了四十五年，从来没有让自己享受过一天。没错，连一般穷人也能进去玩玩、花一点银子就能换换心情找找乐子的酒馆，他也一次都没进去过。一天又一天，他只为了养活自己的女人和孩子辛苦地干活，现在他四十五岁了，除了身上的这一件褂子，只剩下满是补丁、干农活穿的衣服了。

不过，确实有一件事情困扰着他——她对所有的男人，都会这样目不转睛地盯着吗？还是只这样看他？这就是让他日日夜夜一直想不明白的事情。他怎么才能知道，她看自己的方式跟看别人是不是一样的？每次他经过那扇门，都会悄悄瞅她，她则会用那种坦荡而自由的目光直视着他。有时候，他会听到男人们聚在一起闲聊只有男人之间才会聊的事，听他们说，现在的女人变了，不再胆小怕事，会自己选择喜欢的男人，无拘无束，甚至主动出击。

他又舔了舔自己的嘴唇，感觉汗水已经流到脖子上了。他怎么才能知道，她是这样看所有的男人，还是对自己独一无二？不知为什么，他特别想知道答案。

“哦，我们回到从前吧……”他的女人还在断断续续地低语着，把围裙的一角拉高擦着眼睛。她的怒气已经完全消失了，只留下痛苦。

他猛地抬起头，径直望向那扇门。他很想知道答案。

整个人群都盯着他看。当他们看到他抬起了头，把目光投向那个位置，众人的目光便也追随了过去。女孩还站在门内，整理着自己的秀发。她手里握着那把又小又白的象牙梳，纤细的手臂向上举着，把乌黑的长发拨到耳后，露出洁白耳垂上的金耳环。他的女人也瞪着她，充满敌意。“那旗袍跟男人的长衫差不多长啊……”几个妇人突然窸窸窣窣议论着。但男人们都安静地注视着女孩，暗中幻想着什么。

站在人群边缘的老妇人看到所有人都望向了一个方向，就也往那边看，她无比震惊——那可是她的曾孙女啊！一个被城里的父母惯坏的顽皮孩子。不久前她还跟自己的儿子说了不知道多少遍，别把孙女惯坏，不然谁都不敢娶。她还可怜过那个跟她定亲的男孩呢！但此时此刻，她第一次认真注视女孩俊俏而骄纵的脸庞，上面隐隐闪烁着轻浮和戏谑的光。女孩把头转向了另一个人。老妇人步履沉重地走向那扇门，手中的拐杖一下下敲击着地面的鹅卵石，也盯着女孩目光所指的方向。那束目光毫不掩饰地落在了一个靠着门框的小伙子身上。一开始，他也在人群中看热闹，不过后来就转过身去，一直注视着女孩了。他看上去睡眼惺忪，也有些羞涩。他的下巴耷拉着，嘴角流出来了一点儿口水。

老妇人的拐杖用力敲着地上的石头。她知道那小伙子是客栈老板的儿子，家里没有土地，不过是一介商人罢了。

"快进去，你个没羞没臊的贱丫头！"她突然大喝一声，声音刺耳而沙哑，充满怒火与威严。女孩噘了噘嘴，还有些迟疑。"现在就给我进去！"老妇人叫道，威胁一般挥舞着手中的东西，女孩一转身躲进门里的阴影中不见了。

但她纤细的小手还按在门框上，又瘦又苍白，小指头上套着一枚金戒指。老妇人走上前用力打了它一巴掌，小手就也消失在阴影中了。

“从来没见过这样的闺女！”老人的声音依旧尖锐，“一个定了亲的女孩，就这么站在大门口，盯着来来往往的男人们看！都跟说我现在的女孩就这样，我不知道这世道是怎么了！”

人群中的骚动慢慢缓和下来。男人的媳妇笑了笑，看上去没那么难过了；女人们脸上的阴郁都少了些；男人们不自然地这里看看，那里看看，不是假装眺望天空田野，就是在街上的尘土中吐一口痰；一个孩子哭了起来，人群渐渐松动，随时准备四散而去，注意力已经减退。只有客栈老板的儿子还恋恋不舍地站在原地，盯着那扇空空的门。

但他并不是唯一一个察觉到那束毫不掩饰的目光的人。争吵中的男人也看到了，他媳妇也是。男人脸上的血色已经全然退去，此时的他看上去像一片枯萎的树叶。他站在那儿，低头看着脚下的尘土。现在他全知道了。

但老妇人还没说完。忽然她什么都明白了，她还有话要说。她转过身，朝男人轻轻晃了晃手杖，指着他说：

“李家大儿子，”她坚定地说，“你是个蠢货。回去种你的地吧，但先把包袱里的钱都交给你媳妇。”

男人缓缓解开自己的裤腰带，掏出了四块碎银子。他没有抬头，但把银子都攥在手里，伸了出去。女人也把手伸了出来，他感觉得到自己指尖下方女人干硬的掌心。他松手，钱都落了下去，连同他自己所有的白日梦。

随后男人快速站直身子，环顾四周开始散开的人群。他的脸色有些黯淡，不过平静了许多。接着他用平日里又低又粗的声音说：

“不知道我媳妇在吵闹个啥，想要钱直接跟我说就行了。她自己都说，我挣的钱一直都是给她管着的。”

他俯身拾起先前被喊来时扔在地上的锄头，扛在肩头，头也不回地再一次走进了自己的人生。

心归故里

林大卫闷闷不乐地站在大厅的角落里，盯着眼前的十来对舞伴，他们正煞有介事地舞动着。音乐是一支忙忙叨叨的铜管乐队演奏的，从一大片栽在盆子里的棕榈树后面传来。他当然知道，自己身处一间无比昂贵豪华的舞厅，因为这是方先生的家，他可是上海滩最大的银行家之一。方先生不会容忍任何不够昂贵、不够豪华的东西，墙上是很多摩登油画，也有精致古老的传统卷轴。方先生大笑的时候会在泛着油光的胖脸上挤出又深又长的皱纹，他总是这么说："我的一切东西都是最好的，不管新的还是旧的，我家足够大，什么都能装下。"

此刻方先生正坐在那儿看年轻人们跳舞，身边坐着两个漂亮的女孩，其中一个是他女儿菲莉丝，另一个是他最近纳的小妾——一个年轻的女演员。两个女孩年纪差不多，但风格完全不同。大卫那天晚上一走进来，就觉得菲莉丝是整个大厅里最漂亮的姑娘，他不明白，方先生这样又丑又胖的父亲，怎么生得出如此苗条的女儿，看上去就像秀竹一样纤细。她肌肤白皙，身材高挑（跟他自己差不多高了），穿着一件柔美的青色旗袍，不施粉黛，面色宛如象牙一般。她的头发也和这里的其他女人不一样，没有用夹子，没有烫波浪，也没有任何发饰。乌黑的长发又直又亮，在脑后挽成了一个发髻垂在脖子后方。她坐在那儿，平静地注视着宾客们，漂亮的嘴唇上是一抹淡然的愉悦。那个小妾则确实挺像个演员的，她的眼睛波光流转，身体也不停地扭动，卷发在过于红艳的圆脸周围炸开。大卫只看了一眼，就很烦那个女人了，她正在不停地说话，蹩脚地混用着英语和中文。

他已经在心中盘算了十几分钟，怎么走过去请菲莉丝跟自己跳舞，但他有些顾忌她旁边的女演员。他琢磨着，万一那个女演员先把手伸了出来——有年轻男人走近，她永远第一个伸手——那他就不得不跟她跳了。他才不要，他暗下决心，再也不要跟任何一个烫爆炸头或是脸上扑着一层厚粉的女人跳舞。这些女人的头发弄得他脖子痒痒的，脸上的粉把他的外国西装都弄脏了。他扭头看了看自己的肩膀，用手指扒拉了一下，那是不久前被多丽丝的脸蹭脏的——他很讨厌多丽丝，那个蠢女人总是假装忘了怎么说自己的母语，号称是因为在巴黎待了太长时间。

他从来没跟菲莉丝跳过舞，因为这是他们第一次见面。她在外地的某一家学校教书，现在放寒假，她才回家来的。方先生是这样介绍她的："这是我唯一肯干活的孩子，其他的都整天什么也不做。"

"您一定为她骄傲吧。"大卫低声说，当时并没有去看她的脸。他已经厌倦了看各种女人的脸。

但方先生只是大笑："她挣的那点儿钱可不值得我骄傲，"他笑着大声说，"她只是为了自己开心。"

这时候他才看向了她——一个为了让自己开心而去工作的女孩，他对这样的事闻所未闻。这是他几个月以来第一次对某个女性有了些兴趣。他脸上的微笑比平时多了一些，用英语说道："我能请您跳支舞吗？"但她的每一支舞都已经约出去了。他有些失落，随即又对自己说，没关系，她不过是老方的女儿，那么多女孩中的一个而已。那个下午，他随便挑了几个女孩跳舞，现在都不大记得具体是谁了。不过他没忘记的是，她们都在他的外衣上留下了粉，让他很厌烦。

舞会结束了，方先生还没有尽兴。他很喜欢跳舞，穿着绸子长袍在舞厅里移动的时候，他就像一个巨大的皮球，圆脸上汗津津的，如果经过谁时不小心踩到了人家的脚，就会哈哈大笑。现在他正冲着乐师们嚷嚷，透过棕榈树丛大叫道："再来三首，付你们双倍小费！"说完以后，他就拉着身边的小妾跳了起来，两个人往远处去了，小妾贴着他隆起的大肚子，显得挺高兴，眼睛越过他的身体扫向整个大厅。

大卫的机会来了。由不得他迟疑，因为他看到还有另外三个衣冠楚楚、举止得体的年轻男人也在靠近菲莉丝。他赶忙冲到她身边："我能请您……"

但那几个年轻人的速度也不慢——"我能……""我能……""我能……"——他们的声音就像他在美国学校读书时唱过的多声部和音。他向后退了一步站住，把选择权留给她。她选得很容易，直接站起身向他走来，说："您是第一个，对吧？"她的声音细而轻柔。"对。"他回答，于是两人一起走进了舞池。

音乐的噪声太大，根本不可能聊什么——这太像老方的做派了，下午茶也得雇一支铜管乐队。整个房间都在乐曲声中颤抖着。他用当时流行的摩登舞姿搂着她，他们的胸膛和大腿都贴得很近，她的面颊靠着他的肩膀。他知道自己的舞跳得不错，但他诧异地发现，她竟然也跳得很好，轻而易举地在他身体周围旋转着，他开始有些狐疑，低头注视着她。她是不是有些过于驾轻就熟了？他已经厌倦了驾轻就熟的女人们。但她白皙的小脸表情平淡，眼神虽然向上跟他对视着，却没有什么情绪。她微微一笑，说了一句什么，他听不清楚，只能抬了抬自己的眉毛，她又笑了，两个人没有再尝试交流。一支舞跳完以后，几个年轻人还在一边恭敬地等候着，于是他照常礼貌地道了一句谢，就让她走了："您的舞技真好，方小姐。啊，有一个好舞伴真是太棒了！"

"谢谢，林先生。您也跳得很好。"她轻松地回答。

他那天没有再跳舞，虽然还有不少没舞伴的女性，多丽丝就是其中之一，她在他身边磨磨蹭蹭笑着走过，但他故意弯下身去系鞋带。他不打算再跳了，心里一直想着菲莉丝，他已经很长时间没有对一个女孩认真了。最近他除了自己的工作以外，完全顾不上其他——现在他在父亲的印刷厂里做经理，他很喜欢这份工作，一直在考虑怎样才能把厂里的书籍印得更好。之前他确实在女孩们身上花了不少心思，但后来就厌倦了，她们到头来都差不多——他很久以前就发现，上海滩的每个女孩都十分类似。每次听说他的朋友们又看上了哪个女孩，他都嗤之以鼻，他早就厌倦了男欢女爱。

茶会结束了，人们开始散去，浓情蜜意中的情侣们牵着手往外走，打算一起去别的地方找乐子。乐队已经沉寂了，空气中充斥着道谢和告别声，中文和英语的字眼都能听到。这样混搭着语种说话在当时很时髦，取一个洋文名字亦是如此，不得已的时候他也可以这样讲话。其实，他会用很多种不同的方式说话，可以是美国学院腔的英语，也可以是牛津的英式发音，而父亲仍然坚持他在家里讲标准的文言文，这种他朋友圈子里流行的中英结合怪腔也不在话下。都取决于他身处什么地方。

不过，他心中最喜欢的其实是讲中文，虽然当着朋友们他并不敢承认，还会跟着他们一起笑——他们经常说："有好多摩登的新东西用中文都说不出来，比如，怎么说……"他总是附和着。他们还会乐此不疲地试着用古板的中文字眼说最新潮的英文词语，"宝贝""性感""迷上了你"之类的，他听完其实有些不舒服，就像教一个纯真的孩童说了不该说的话，因为在传统的习俗中，人们根本不可能这样说话，说出来也表达不了什么意义，只是晦涩难懂的音节而已。

他加入了从门口鱼贯而出的人群，菲莉丝站在那儿微笑着，得体地回应大家，跟向她致意的每个人握手。他看了看她，心中默想，或许她跟其他女孩并没有什么不同，此刻她看上去就和别人一样，跟任何一个摩登女孩都差不多。或许她脸上也扑了粉。他不由得扭头看了看自己的肩膀，但那里并没有粉末，非常干净。那一刹那他决定了。

“我能再待一会儿，跟您聊聊吗？”他问道。

她迟疑了片刻，说：“我打算跟朋友们去赌场呢。”

“我能陪您一起去吗？”他又问。

“那好吧。”她回答。

一个用人候在一旁，拿着她的外衣，他接了过来，为她披在肩头。他忽然瞥见了她后脖颈上细小的毛发，黑黑的，衬着光滑洁白的皮肤。他心中生出一种异样的愉悦。

这是一开始，后来一切都无比明显了。那个夜晚结束之前，他已经疯狂地爱上了她，即使之前已经积攒了那么多对女性这个群体的厌恶。赌场中见到的每一个女孩都令他生厌，他觉得那些女孩一无可取。他脸上维持着微笑，心中却充满了鄙夷。无法接近菲莉丝的时候，他也会跟别的女孩跳舞，在她们身上练习着吸引异性注意力的小伎俩，即使内心依然无比厌恶。牵住一只手的时候，他讨厌它的细嫩和上面的红指甲，只会好奇菲莉丝的指甲是什么样的，他必须马上看到。他也会在某支舞曲中跟某个女孩躲进某个小房间，冷淡地亲吻着对方，对方也会俯身过来回应。对他来说，亲一个女孩根本不算什么，他假装用手帕擦脸，其实是在悄悄擦干净自己的嘴唇，他讨厌鲜红色的口红，菲莉丝的嘴唇是什么颜色？他开始想象她的双唇……

就是这样，他一旦开始这样想她，就没有办法停下来。日复一日，光阴似箭，而她还要回外地去，他必须抓紧时间。他跟父亲请了几天假，天天绕在她身边，把所有的招数都用上了。他对自己说，无论如何，她是个摩登女性，应该会喜欢这些东西——他送了鲜花和糖果，去见她的时候腋下也总夹着刚印出来的新书，每次出现都带着礼物。

当然，这些礼物必须含有某些意义，他注视着她，想看看她是否明白。“喜欢糖果吗，亲爱的？”他看似无心地问道，递给她一盒五磅重的外国巧克力，她的脸是不是沉下来了一点？但她的嗓音中依然是那种不多不少的热情：“哦，太喜欢了，大卫。”她回答。他们几乎是一直用英语对话的，因为两个人都曾经在美国留过学，都能用在大学里学到的美式英语交流。“你真的喜欢吗？”他追问。“喜欢极了。”她回答。他盯着她看，她说话的样子跟其他人并无二致，但就是听上去不像她自己的话。她打开盒盖，愉快地叫道：“哇，好漂亮啊！看上去真不错。”随后就把盒子放在了桌上。

没错，他用上了所有摩登男女们恋爱中的招数，带她去跳过舞，看过戏，她也乐意跟随。在出租车中，他去牵过她的手，她也接受了。有一次他用双手抓住她的肩膀，想亲吻她，却被她躲开了，嘴唇落在了她的脸颊上。他原本以为那个吻会带来一些激情——他好长时间没有从这些事中体验到激情了——却事与愿违。她的脸颊冷冰冰的，她没有把手抽离他的掌心，只是消极地待在那里，最后他也不得不放开了。

即使这样，他依然越来越爱她，却无法真正地让她知道自己有多爱她。她并没有拒绝他，对他的举动也从不抗拒，参与着他计划的每一次约会，从未对他说过不。如果他挽起她的手臂，她就会往他身上靠一靠。她并不是个古板的人，但她做的每一件事都仿佛在遵循着某种被教授的固有模式，仿佛一切对她来说不过是招数，他们二人之间恋爱的招数。他想让她知道自己爱她，却不知该怎么说，只能用一句摩登的英语表达："我迷上了你呢，亲爱的。"他说。"当然，我也迷上了你呢。"她礼貌地回应，他的心一阵发冷。

日子一天天过去了，一个月的时间太短，他完全无法冲破那层招数的枷锁。有一天晚上，跳完最后一支舞后，他在门前俯身对她说："给我个晚安的吻吧，菲莉丝？"

"好的。"她波澜不惊地回答，用平静的嘴唇碰了碰他的脸颊。

这一切都无济于事，他们非但没有走近，反而越来越远。话语和肢体动作都让他们愈加生分，他不知道该做什么，于是只能继续做跟之前一样的事情。

然而，就在她离开之前的那一天，他们忽然发现了全新的彼此。他们又一起去了赌场跳舞，正搂在一起时，她忽然停下了舞步，从他手臂中挣脱出来，盯着他看。

"你真的喜欢这样吗？"她问他。他吓了一跳——她的声音变了，变得更柔和，更低沉。而且，她说的是中文，他们的母语！之前他们为什么从来没有用中文说过话呢？虽然他们说的确实是不同的方言——她不是上海本地人，家族是从北方搬过来的，而英语更为时髦，所以他们都假装说英语更容易。但这都是荒谬的自欺欺人，他完全能听懂她说的汉语。他也热切地注视着她，那俗气艳丽的舞厅仿佛已不存在了。“我不喜欢，”他回答，“我一直都想跟你说，我一点都不喜欢。”

“那我们走吧。”她简短地说。

她此刻的样子跟他之前所了解的完全不同。她端坐在出租车里，他都不敢去碰他的手，即使离得这么近。在她家门口，他犹豫了，但她说：“你不进来吗？我们该谈一谈了。”

“是的，我有好多话想说。”他回答。

确实，他们好像从来没有真正地交谈过，之前说的所有那些愚蠢的外国词儿都毫无意义。现在挤到他嘴边的都是全然不同的词汇，他们共同的语言。他要说的话太多了。她坐在覆盖着丝绸的沙发上，他拉了一把椅子坐在她身边。她看了看他，又环视了一周整个房间：“这一切我都不喜欢，”她说着，挥动着自己的手臂，“你一点都不了解我，你连我的真名都不知道。我并不是你眼中的那个人。现在我要走了，我想告诉你，其实我是个挺老派的人。这一个月以来跟你一起做的任何事，我都很讨厌，我觉得你最好知道。我不喜欢跳舞、不喜欢外国糖果、也不喜欢亲吻——亲任何人、被任何人亲我都不舒服，我不喜欢别人的嘴唇在我的脸上或者手上，连你的也不喜欢！”

“等一下，”他打断她，“我现在明白自己对你为什么会有那种感觉了，我知道我们为什么无法走近彼此了。不过，那你为什么要跟我去跳舞，为什么让我亲你呢？如果你说不喜欢，我一定不会强迫你啊！”

她垂下头，盯着自己紧紧握在一起的双手，羞涩地回答道：“我以为是你喜欢这些洋习俗呢，我想成为你喜欢的样子。我以为如果拒绝了，你就……不会再来了。”她的声音越来越小，最后几乎听不见了。

“你的真名叫什么呀？”他问她。

“明心，明亮的心。”她回答。

“我叫勇安，勇敢和安定。”他说。

两个人都沉默了一会儿。

接着他继续说了下去，从椅子中探身向前："你是说，你是说你真的更喜欢我们传统古老的方式？"

"当然，喜欢多了。"她轻声说。

"你不想要住在这样一幢房子里吗？"他认真地问她。

"不想。"她回答。

"不想像那些女人一样，每天出去跳舞，或者坐着汽车去玩儿？"

"不想。"

"那我们就不需要再浪费时间了。"过了一会儿，他说。

"不需要了。"她也说。

他又等了一会儿，说："我现在也不喜欢亲吻。"

"那我们就不要亲吻了。"

"以后我们就说自己的话吧。我要把身上这些洋玩意儿都脱下来，穿回长袍，我们一块儿去过舒服的老日子吧，我还想抽水烟袋呢。"

“我再也不要穿皮鞋了，”她说，“也不要吃黄油，我最讨厌那个味道了。外国的食物都不许上桌，我们只用碗和筷子吃饭。我的家要有院子，不要楼梯，我想要好多小孩……”

她说话的时候，他仿佛看到了一切——他们的房子和家，一切都是他们喜欢的样子，包括他们自己。他打开了话匣子：“你嫁给我好吗？我们……”他又停住了，站起身，坚定地走到她面前，说：“不行。方小姐，我的父亲会向令尊大人提亲。很快就来，马上……”他转身向门口走去，刚走到一半，又回头看着她。她站起身来向他用传统的方式行了个礼，也盯着他看。此刻的她焕然一新，就像一朵娇艳温暖的玫瑰。他第一次看到这样的她，这才是真正的她啊！自然又可爱，跟他完全是同一类人。他们会在院里的池塘中种莲花，再栽上一片竹林，夏天在里面一起吟诵古诗，最古老的五言和七言绝句……这是他一直向往的生活。

“您不走了吗，林先生？”她用一种优雅的方式问他。

她舌尖吐出的这几个字如此甜美，他不由得往回迈了一步，又克制住了自己。“不行，不能又用洋人的方式……”他坚定地说。他再次走向门口，又回头朝她看了一眼。她仍然安静地坐在沙发上，纤细的双手交叠着，双脚也优雅地并在一起，他自己的老母亲尚未出嫁时，应该也有着一模一样的姿态吧。她向前望着，他知道，她也看到了房屋和院子，还有很多小孩儿，安定美满、踏实传统的日子。她还坐在那儿等着，看上去很美，很美……

“就再待一会儿……”他轻声说。

译后记

赛珍珠女士对我来说一直是个特别的存在，除了喜爱她的作品以外，我对她既有粉丝对偶像的崇拜，又有同样在异国语言和文化中生活多年的惺惺相惜。她的一生成就斐然，用享誉全球来形容也完全不为过，许多作品，特别是长篇代表作《大地三部曲》，早已被中国读者熟知。但其实，她也曾创作过大量的中短篇作品，覆盖的题材和塑造的人物甚至更为广泛，其中不乏值得一读的佳作，正式被译介到大陆的却并不多，有些遗憾。作为译者，我一直期待能为此尽一份力，感谢上海九久读书人给了我一个圆梦的机会。我们从赛珍珠的《第一个妻子及其他故事》(*The First Wife and Other Stories*)和《今天与永远：关于中国的故事》(*Today and Forever: Stories of China*)两本短篇集中精心挑选了九个创作于二十世纪二十年代到四十年代之间的短篇故事，希望读者们能够看到她笔下更丰富的世界。赛珍珠广为人知的传奇经历和各种重量级大奖我在这里就不占用篇幅赘述了，但还是想作为这本书最早的读者说几句话，纪念这次美好而珍贵的经历，也跟大家分享我认为不能错过此书的几个原因。

相信每个人都曾经有穿越时空隧道回到过去看看的幻想，当然这也只能是幻想。想要了解那个鲜有影像资料留下的时代究竟是什么样的，除了学习历史以外，我们或许只能在当时的文字中窥得一二。但既然是文字，不管是纪实还是虚构，就必然有作者，有作者就必然有主观视角，距离真正的客观事实或远或近，都不可能完全一致。所以，我们在文字中认知的过去，跟真实的过去相比，或多或少都是有偏差或者片面的。在这里，我并不是想说赛珍珠笔下的往昔就比其他作者的更客观和准确，当然不是。她虽然在中国度过了半生，但毕竟是个以传教和教书为生的外国人，社交圈还是相对有限的。不过，在读过其大量作品之后，我可以负责任地说，赛珍珠女士已经在自己能控制的范围内尽最大努力做到客观了。在文字中能看到她对世界多样性的尊重，也有对国籍、肤色、身份和贫富相对平等的态度——讽刺一个刻薄的白人阔太太时她不会手软，描写中国百姓的苦难也没有避重就轻；描写冲突时没有刻意偏袒男性或女性，对目不识丁的农夫和苦力没有歧视，对留洋学成归来和身份高贵的角色也没有刻意塑造光环。由于赛珍珠本人和其双亲的身份，她的作品中自然有不少外国传教士角色，但这些人并不是高高在上地俯视信众和学生们的，而是有血有肉的，有神一般值得尊敬的品质，也有人的软弱和缺陷……总之，那个年代留下的优秀文学作品不少，但出自这样一位同时了解敬重且亲身经历过东西方文化的女性则难能可贵。她自己曾说过："我没有什么所谓的使命感，我书写中国，唯一的原因就是它是我最熟悉的地方。"她彼时的出版商、后来的丈夫沃尔什先生也说过，赛珍珠作品中写实与虚构之间的界限非常模糊。由此可见她的创作绝不是某种架空的海市蜃楼。阅读她的这些小说，能够为我们中国读者提供一个新的角度，审视那段已经在课本中学过、其他作品中读过的历史，这样说不定就离真正的事实更近了一些。

很多人问我，翻译了那么多当代作品之后，这次为什么会选择赛珍珠？那么久以前的作品，现在再读难道不会有些脱节吗？读者会不会在理解上有代沟？的确，不管是这些故事创作的时间，还是描写的年代，距今都已经有百年左右了。但在翻译的过程中，我曾经数次怀疑，这真的不是二十一世纪的情节吗？一百年的时间，中国和世界都发生了翻天覆地的变化，许多场景或许就永远只存在于史料和文字中了。不过，赛珍珠的作品中总有一些东西能够让读者跨越这一百年的时光找到共鸣，或感动、或无奈、或皱眉、或扼腕痛惜、或会心一笑：各方面都不可能合得来，却不得不同住一个屋檐下的婆媳；食之无味、弃之可惜的异国恋；刚走出校园，面对家庭压力不愿妥协，却又找不到更好出路的年轻人；老夫老妻间的琐碎争吵和各怀鬼胎；在真情实感和虚荣心之间举棋不定的摩登情侣……比起长篇小说里宏大史诗一般的场景，赛珍珠的短篇似乎更着重于刻画普通人的生活，每一个角色都有着鲜活而立体的形象，鲜见脸谱般的好人或坏人。所以说，撇开其中珍贵的历史和文化意义，赛珍珠的作品本身也是非常精彩的。这样的故事能在一个世纪之后历久弥新，让作为现代人的我们也得以共情、引发思考。我们在其中看得到一百年前赛珍珠刻画的人生百态，也看得到我们自己，还有我们身边的人和事。

另外，我也想提一提赛珍珠女士一生中除文学以外的成就和善举。有人认为她的一些描写过于直白，甚至有丑化中国的嫌疑。但本书中场景最残酷的一篇《难民》，其实是她在战争时期为了募捐善款而创作的，当时它和另外几篇同主题作品曾经在美国的报刊中被广泛传阅，甚至在广播中滚动播出，为中国募得了上百万美元的善款，要知道那个时候在美国买下一栋庄园也不过要区区几千美元。她只生过一个女儿，却收养过很多有亚洲血统的弃婴，还在晚年于世界各地成立了数个慈善基金会，为无数孩子找到了家。她在功成名就以后，明明靠版税就已经可以过上优渥的生活，却花费了大量时间翻译中国的名著《水浒传》，让它很早就在西方有了众多读者。所以说，不管是赛珍珠的作品，还是赛珍珠的人生，都值得我们好好品读。

总而言之，能够译介赛珍珠女士的作品是我莫大的荣幸，阅读、选材、翻译、审校、推广……这一切对我来说是一次无比奇幻的旅程。我认识了之前不了解的世界，也认识了新的自己。我觉得它给我带来了好运。现在，我也想把这种好运传递给你们每一个人。

译者
2023 年冬
初稿于北京
定稿于四川阆中